今日から、契約家族はじめます

浅名ゆうな Yuna Asana

ALPHAPOLIS
WEB CITY SINCE 2000
アルファポリス文庫

JN055906

https://www.alphapolis.co.jp/

母が死んだ。
女手一つで育ててくれた、強くて優しい母だった。
大好きで、大好きで、いつかは私が守ってあげるんだと、いつも思っていた。
そんな母がいなくなって、私はどうかしていたのかもしれない。

――シングルファザーと契約結婚することになりました……

サンドイッチとプロローグ

有賀《あるが》ひなこは、硬い表情で目の前の建物を見上げた。
それほど新しくない五階建てのビルには、看板が掲げられている。
『中林《なかばやし》カンパニー』
名前だけでは実態の不明瞭なこの会社がどのような業種か、ひなこは知っている。
ここは、ハウスキーパー派遣会社だ。
ずっと突っ立っていても仕方ないと、覚悟を決めてビルに踏み込む。
今日訪ねることは事前に伝えてあったので、名乗るとすぐ社長室へ案内された。
「失礼します」
「いらっしゃい、ひなこちゃん。社員旅行の時以来だから、一年ぶりかしら」
社長室は、広さはさほどないが品よく整えられた部屋だった。
権威より実利に重きを置いているようで調度品は少ない。

ソファもテーブルも至ってシンプル。だが唯一、使い込まれたオーク材のデスクだけは重厚な存在感を放っていた。

まるで、ただの高校生でしかないひなこを笑顔で迎えてくれた、社長の人となりを表しているようだ。

美人でやり手の中林社長とは面識があった。母と同年代なのに驚くほど若く見えて、何度会っても緊張してしまう。

ソファを勧められ、ひなこは浅く腰をかけた。

「ちょっと待っていてちょうだいね。今、お茶を淹《い》れるから」

「いえ、お構いなく。というか、社長の手を煩《わずら》わせるくらいなら私がやります」

「いやぁね、お客さまにお茶汲みなんてさせられないわ。そりゃひなこちゃんに比べたら味は落ちるかもしれないけど、私だってこれくらいできるんだから」

謙遜《けんそん》しているが、中林社長の淹《い》れた紅茶はおいしかった。豊かな香りが鼻腔《びこう》に広がり、高価な茶葉を使っていることが分かる。

ひなこが紅茶に口を付けたタイミングで、彼女は大きな荷物を持ってきた。

一抱えほどの白い段ボールだ。

「ひなこちゃん。これが、お母さんの……」

「……ありがとうございます」

言葉を濁《にご》す彼女に、ひなこも曖昧《あいまい》に頷く。

亡くなった母は、この会社で派遣のハウスキーパーをしていた。

炊事洗濯掃除はもちろん、幼稚園に通う子どもの送り迎えや上履《うわば》き袋を作るなど、とにかく依頼人が望む家事育児全般を請《う》け負う仕事だ。

小さな段ボールには、母が会社に置いていた私物が入っていた。

メモ帳にボールペン、裁縫《さいほう》箱、折り紙、絵本、クレヨン。そして、まだ作りかけのくまのぬいぐるみ。

綺麗だが少し黄ばんだ絵本は、ひなこが子どもの頃何度も読み聞かせてもらった、ネズミの兄弟の話。ぬいぐるみもたくさん作ってくれた。

ここには母の温もりが詰まっている。見ているだけで胸がいっぱいで泣きそうになるほど、優しい面影《おもかげ》。

母が死んでまだ二週間。哀しみが褪《あ》せるはずもない。

左右で若干目の位置が違うくまのぬいぐるみを、ひなこはぎゅっと抱きしめた。

気持ちを汲んでしばらく黙っていた中林社長が、気遣わしげに口を開く。

「……少し、瘦《や》せたんじゃない？　ちゃんと食べてるの？」

自分のためだけに料理をする気になれず、確かに食事はさぼりがちだ。

けれど心配をかけては迷惑になるので、ひなこは小さな嘘をついた。

「大丈夫です。あまり食欲はなかったですけど、最近はきちんと食べてますから」

「そう……」

会話が途切れる。

気遣いを拒絶してしまったかもしれないとぼんやり考えながらも、言葉を継ぐことができなかった。何もかもがどこか他人事《ひとごと》のようだ。

「ひなこちゃん。これから、学校はどうするの？」

中林社長は、目を伏せるひなこを痛ましげに見つめて、さらに問いを重ねる。

ひなこの両親は共に身内と縁が薄く、親戚付き合いは一切なかった。

叔父や叔母、祖父母も、いるかいないのかさえ分からない。今はまるで、ふつりと社会から切り離されたように心許《こころもと》なかった。

重たい空気を払拭《ふっしょく》するように、ひなこは努めて笑ってみせる。

「きっと、なんとかなります。学校側でもそういう基金とか、紹介してくれましたし」

貯金も少しならばある。日本は身寄りのない子どものための基金もしっかりしているし、のたれ死ぬことはないだろう。

「大丈夫です。社員の子どもというだけなのに、わざわざ心配してくださって、本当にありがとうございます」

深々と頭を下げ、それ以上の追及は避けた。

本来なら気にかけてもらう義理もないのだ。

ロビーまで見送るという申し出を固辞し、段ボールと共にエレベーターに乗り込む。

ゆっくり人を運ぶ四角い箱に、他の乗客はいなかった。

モーター音以外聞こえない、静寂《せいじゃく》の世界。ひなこは歯を食いしばって俯《うつむ》いた。

本当に自分はやっていけるのだろうか。

一人になると、そんな不安ばかりが頭に渦巻く。母がいない寂しさと相まって、無性に叫び出したくなる。

仕事で遅い母の帰りを待ちながら、料理をする時間が好きだった。

一緒にごはんを食べるのは楽しかった。その日にあったできごとを、それぞれ報告し合ったりして。平凡な顔立ちの母だったけど、クルクルとよく変わる表情は誰より綺麗に思えた。自慢の母だった。いつだって誇らしかった。愛していた。

ひなこの名前を呼んで優しく微笑む母が脳裏に蘇《よみがえ》り、涙で視界がにじむ。

——駄目。まだ家じゃない。泣いたら駄目だ。

落ち着くために深呼吸をする。

せり上がってくる涙を、嗚咽《おえつ》を、必死に抑え込む。

『ポーン』

間の抜けた高い音と同時にエレベーターの扉が開く。

その時にはもう、ひなこは普段通りのひなこに戻っていた。

広々としたロビーを抜け、心持ち足早に自動ドアを目指す。

そしてあと一歩というところで、ロビー全体に響き渡る声が耳に届いた。

「有賀さんの代わりなんていないです！」

ひなこは足を止めて振り返る。

フロントに、ダークグレーのスーツを着た長身の男性がいた。

「すみません三嶋《みしま》様。そうおっしゃられても、他の者に変更していただくしか……」

「失礼ですが、有賀さんと同等か、それ以上の能力を持つ方はいらっしゃるんですか？　今まで何人かにお願いをしてきましたが、彼女ほど料理が上手で気の利く方は初めてでした。うちの子もとても懐《なっ》いていて――」

『有賀』とは、きっと母のことだ。彼は、母が担当していた顧客なのだろう。

男性は悲痛な様子で額を押さえた。

「なんでこんなことに……これから一体どうすればいいんだ」

――あ……

同じだ、と思った。

あの男性もひなこと同じように、母の死に混乱している。行き場のない思いを、不安を抱えている。

身内のいない母の死を、心から悼《いた》んでいるのは自分だけだと思っていた。

足が勝手に男性へと近付いていく。

「あの」

何も考えず声をかけてしまったが、振り向いた男性の容貌にぎょっとした。正面から見ると、彼はとんでもないイケメンだったのだ。

イケメン、というのは年齢的に無理があるかもしれない。おそらく三十歳前後といった感じだろう。

けれど涼やかな目元、高い鼻梁《びりょう》、薄く形のいい唇、何もかもが見惚れるほど綺麗だ。全体に冷たい印象を受けるが、目尻のほくろが一筋の色香を添えていた。

今さら受付の女性がなぜ不自然だったのか分かった。

無茶な要求に普通なら困惑するところが、妙に嬉しそうだったのだ。よく見れば頬も赤く、むしろいきなり割って入ったひなこにこっそり眉をひそめている。

「と、突然すみません。お話が聞こえたもので……」

「あなたは？」

「有賀ひなこと申します。有賀香織《かおり》の、娘です」

男性は瞠目《どうもく》した。

「あぁ……。ではあなたが、料理が上手で本当に優しくていい子だと、彼女が会うたび自慢していた……」

「わぁ、すみません。ただの親馬鹿です」

「いえ。彼女が作るポテトサラダ、あれはあなたが考えた味だと聞きました」

母は結構娘の話をしていたらしい。ひなこは赤面して手を振った。

「あ、あれはそんな、ちょっとアレンジしただけです。マヨネーズをあんまり使うと体によくないかと思って、サワークリームに変えてみただけで」

「謙遜《けんそん》することはありません。あれは私も、うちの家族も大好きなんです。子どもがテストで満点を取った時なんかに、よく作ってくれました」

男性が懐《なつ》かしそうに微笑むと、それだけで破壊力抜群《ばつぐん》だった。受付の女性まで流れ矢に当たってうっとりしている。

ひなこもさらに頬が熱くなるのを感じつつ、段ボールの中から急いであるものを取り出した。

「あ、あの、よかったらこれ……」

取り出したのは、母のメモ帳だった。

「ここに、母の料理のレシピが幾《いく》つか書いてあります。これを、次の担当ハウスキーパーさんに渡したらどうでしょうか？」

小さいメモ帳には、母の字がびっしり書き込まれている。幾《いく》つか、と言ったが結構な数のレシピがあるはずだ。

けれど男性は躊躇《ちゅうちょ》した。

「こんな大事なもの、受け取れません。だってこれは、あなたのお母さんの……」

濁《にご》したのは『形見』という言葉だろうか。

それでも、思い出の品ならたくさんある。

男性は母の死を悼《いた》んでくれた。『形見』という重く冷たい言葉を、ひなこのために使わないでくれた。それだけで、渡す意味はあると思った。

「もらってください。その中のレシピなら全て頭に入っているので、私には必要ありません。人助けに使った方が母もきっと喜ぶと思うので。……母の死を悲しんでくださって、ありがとうございました」

はにかんで笑うと、男性は僅かに眉を上げてひなこに見入った。

「……似ていますね」

「え？」

「顔の造作《ぞうさく》自体はあまり似ていませんが、笑い方が有賀さんとそっくりです。胸が温かくなる、優しい笑顔」

男性は微笑をにじませた。とろけるような甘い笑みには色気があって、思わず硬直してしまう。

彼はひなこの手を、オレンジ色のメモ帳ごと両手で包み込んだ。

「このあとお時間があるようでしたら、少しお話ししませんか？　遅くなるようなら私が家まで送るのでご安心ください」

「いえ、でも、そんな……」

男性の笑顔と握られた手の間に、困惑の視線を彷徨《さまよ》わせる。なぜこの手は握られているのか。

「あなたのお母さんのことを、ぜひお話しさせてください」

いきなり見ず知らずの人についていくのはどうかと思うが、男性の提案は魅力的に思えた。ひなこの知らない仕事中の母には、とても興味がある。

「どうか、お願いします。メモ帳のお礼だと思って」

怪しい下心のようなものは感じないし、何よりこれだけ年上の男性に頭まで下げられては、ひなこが折れるしかなかった。

「でしたら……少しだけ」

彼は嬉しそうに笑った。そうすると、少し幼く見える。

受付の女性の恨みがましい視線を背後に感じながら、ひなこは男性と連れ立って歩き出した。

「あぁ、申し遅れました。私は三嶋雪人《ゆきひと》と申します」

「あ、改めまして有賀ひなこです。よろしくお願いします」

「こちらこそよろしくお願いします。……フフ、なんだかお見合いみたいですね」

「っ!? そ、そうでしょうか？」

変わった人だ。初対面の人間をお茶に誘うところからして、まともじゃないとは思っていたが。

とはいえこれほど素敵な男性に不意打ちで言われれば、嫌でも意識してしまう。

ひなこは赤面しながら、雪人の少し後ろを歩いた。

連れられてやって来たのは、ホテルのロビーにあるカフェだった。

いかにも高級そうで、客層もだいぶ上だろう。静かにジャズが流れ、大きなシャンデリアが存在感を主張している。

シングルマザーの母のもと、慎《つつ》ましく暮らしていたひなこは、こういったところとは無縁に生きてきた。コーヒーが一杯で千円以上すると聞いたことがあったため、いっそ水だけでいいですと思った。ものすごく肩身が狭い。

雪人はそんな緊張を察知したのか、二人分のコーヒーをスマートに注文した。

改めて正面から向き合うと、彼の容貌に圧倒される。

どの角度から見ても鑑賞に値する美しさだった。目が合うとまた赤くなってしまいそうなので、顔が上げられない。

注文したコーヒーがテーブルに並ぶと、それまで黙っていた雪人が口を開いた。

「有賀さん……だと、あなたのお母さんと一緒になってしまうから、ひなこさんと呼んでもいいかな？」

深みのある美声で名前を呼ばれるのはかなりくる。ひなこはこくこくと頷いた。

「ひなこさんは、高校生だよね？　その制服、御園学院《みそのがくいん》？」

御園学院は、全国に名だたる難関の進学高だ。

制服のデザインも地元の学校とは一線を画していて分かりやすい。

ベージュのブレザーと、裾《すそ》に紺のラインが入ったボックススカート。ブラウスも紺色。胸元には赤のリボンタイだ。有名なデザイナーが手掛けたものらしく、かなり値段も張った。私立なので学費も高い。

「うちは貧乏なので、なんとか特待生として滑り込めただけです」

「すごいね。有賀さんが自慢の娘だと言っていたのも当然だ」

ひなこは儚《はかな》く微笑んだ。

全ては、将来母に楽をしてもらうための努力だった。御園学院を卒業すれば、有名企業への就職も有利になる。

母が死んで気付いたことがある。

ひなこの何もかもは今まで、母のためだった。

やりたいことは母が喜ぶこと。好きなものは母の助けとなるもの。

その母が死んだ今、何をして生きていけばいいのか分からなくなった。自分の中はからっぽだったのだと、母を失って初めて思い知ったのだ。

「今日は、何をしにあそこへ？」

視線をチラリと段ボールに移した彼は、既にその答えを知っているようだった。

「……遺品を、受け取りに。いつまでも置いてあると、会社の迷惑になりますから」

無理やり笑うことにも、最近はずいぶん慣れてきた。いちいち周りに心配をかけるわけにはいかない。

「私しぶといので、母がいなくてもなんとかやっていけると思うんです」

そう、やっていける。ただ生きる意味がなくなっただけ。

「大丈夫です。頑張らなきゃ——……」

言葉が途切れたのは、テーブルに置いた手に、雪人の大きな手が重なったから。

「私は悲しいです。有賀さんがいなくなって、あの人の温かな笑顔を見られなくなって、とても寂しい」

彼ははっきり思いの丈を吐露《とろ》した。ひなこが必死に喉元で食い止めていた言葉と、同じものばかりだった。

温かい手が、慰《なぐさ》めるように手の甲を叩く。

——そうだ。この人は、同じように悲しんでくれてる。この人の前では、気持ちを押し殺さなくていいんだ。

視界の隅でコーヒーが少しずつ冷めていく。

長い沈黙のあと、ひなこはポツリと呟いた。

「……本当は、会社になんて行きたくなかった」

一度こぼすともう止まらない。ずっと呑み込んできた思いが一気に溢れていく。

「こうして遺品を整理したり、お葬式をしたり。淡々とこなしていく内に、母がいなくなった悲しみまで片付けてるみたいで」

「それは、正しい感覚だよ。お葬式も何もかも、故人と向き合って悲しみを昇華させていく作業だから」

雪人の声は、悲しみごと包み込むように優しい。

「忘れたく、ないです」

「うん」

「ずっと泣いてたい」

「うん。いいよ」

「なんで死んじゃったの」

「……悲しいね」

「――――うぅっ」

ひなこは泣いた。

人目があることも気にならなかった。恥も外聞もなく顔をくしゃくしゃにして、大きな声を上げて。雪人はひなこの隣に移動し、ずっと背中をさすってくれた。温かな手にますます涙がこぼれる。

しばらくして落ち着いてくると、雪人は席を立った。ウェイターといくらか言葉を交わして戻ってくる。

「……すいません。ご迷惑おかけしました」

「泣いていいと言ったのは私だよ。もう大丈夫？」

思いきり泣いたら少しすっきりした。

周りに気を遣いすぎて、いつの間にか泣くことまで我慢していたのだ。

悲しみが消え去ったわけではない。それでも、母がいなくなったことをようやく受け入れられた気がする。拒絶し否定し続けていたら、きっと大切な思い出も歪んでしまっていたはず。

「ありがとうございます。もう、本当に大丈夫です」

心からそう言って笑うと、雪人も微笑む。あの心臓に悪い笑顔だ。

何度見ても慣れることなくどぎまぎしていると、ウェイターが飲みものを運んで来る。今度は温かいココアだった。

「たくさん泣いたから、疲れたろう？」

彼は先ほどこれを注文していたのだろう。細やかな心遣いに、見た目だけでなく人柄も素敵だな、と思った。

マシュマロの浮かぶ可愛いココアに口をつける。

甘さが全身に染み渡っていくようだ。黙々と飲み続けるひなこに、雪人は柔らかな眼差しを注いでいた。

『ぐぅ〜っ』

お腹からまぬけな音が響いたのはそんな時。

ばっちり聞こえていたようで、彼は頬杖をついたまま目を丸くしている。

「あっ、ご、ごめんなさい……っ」

「フフッ、謝ることないよ。泣くとお腹が空くよね。温かいものでも食べようか」

おかしそうに笑いながら何か頼もうとする雪人を慌てて止めた。

「大丈夫です！　お弁当の残りがありますから！」

こんな高級店で料理を食べるなんて恐れ多い。

催促《さいそく》したようでものすごく恥ずかしかったが、最近食欲不振が続いていたことを思えばいい兆候だ。

お腹が空く、というのは生きるための欲求。思いきり泣いたことで活力が戻ってきているると実感する。

「お昼、食欲がなくて残していたんです。ここを出たらそれを食べますから」

するとなぜか、雪人はお弁当に興味を示した。

「ひなこさんが作ったの？」

「はい。といってもやる気がなかったので、適当なサンドイッチだけですが」

家にあるものだけで簡単に作った、料理と言えないような代物《しろもの》だ。

けれど彼の瞳はさらに輝いた。

「ぜひ、食べてみたいな」

「えぇっ？　いえ、人にあげられるようなものでは……」

「お願い。ね？」

ニッコリ笑顔には、なぜか有無を言わさぬ迫力があった。

――この人、やんわり強引な人だ……

そういえば今までの経緯全て、彼の思い通りにことが運んでいる。

ひなこは渋々と、学院指定のかばんから赤いランチボックスを取り出した。

四つある内の一つしか食べていないのでまだ三つ残っている。

具材はツナと卵がメインで、レタスやトマトなどは入っていない。最近は買いものすら億劫《おっくう》だったため、鮮度が命の野菜は冷蔵庫内になかったのだ。なので断面はどこまでも地味。

「こんなの、お口に合わないと思うので……」

見た目で食欲が失せればと思った。けれど雪人は躊躇《ちゅうちょ》せずツナのサンドイッチを取り、そのままラップを開け始めてしまう。

「ちょっ……さすがに店内ではっ」

小声で注意したものの、彼は堂々と口に運んだ。

幸い周囲に人はいないが、マナーとしてたいへんまずい。

「――おいしい」

雪人が子どもみたいに無防備な声を上げたため、ひなこは目を瞬《またた》かせた。

もぐもぐ一気に食べ進めていくのをつい見守ってしまう。

「とてもおいしいです。ただのツナサンドかと思ったら、玉ねぎのみじん切りも入っているし」

「食材を駄目にするのはもったいなかったので」

「パンにも何か塗っているでしょう？」

「片側にマスタードマヨネーズ、もう片側にクリームチーズが塗ってあります」

本当は、チキンやベーコンのようなボリュームのある具材の方が合うのだが、これも早く消費しなくてはと少し多めに塗っていた。

「やる気のない、適当なサンドイッチでこのレベルなのか……有賀さんの絶賛は真実だったんだね」

「いやいや、大げさですよ」

「大げさなんかじゃありません」

きっぱり言うと、雪人はひなこの両手を握った。手を握るのが癖なのだろうか。

「ひなこさん」

「はい」

「私と結婚してくださいませんか？」

「――――はい？」

ひなこは呆然としながらも頭の片隅で、やっぱり変な人だと思った。

出会ったばかり、しかも平凡としか表しようのないひなこに、プロポーズなんて。

「改めまして、私は三嶋雪人といいます。三月十二日生まれのO型。現在二十九歳。二十二歳の大学卒業と同時に輸入インテリア家具の会社を立ち上げました。会社が潰《つぶ》れでもしないかぎり、あなたに苦労はさせないと誓います。趣味は読書。休日は家でのんびりするのが好きです。好きな言葉は克己心《こっきしん》」

雪人はにこやかな表情のまま、つらつらと自らのプロフィールを述べていく。まさに立て板に水だ。

「ちなみにバツイチです。二十四歳の時に妻と別れました。原因は仕事を理由に、家庭のことを全て任せきりにしてしまったこと。完全に私の責任です。それから色々な方にハウスキーパーを依頼しましたがどの方も長続きせず、二十五歳の頃に有賀さんと出会いました。なのであなたのお母さんとは四年近くの付き合いです」

そこで彼はすっかり冷めたコーヒーを飲み、少しいたずらっ子のように笑った。

「フフ。一応自己紹介は敬語にしてみたよ。ちょっとお見合いっぽいでしょう？」

いや、何を言っているのか。

彼からの提案に理解が追い付いていないのに、これ以上ボケないでほしい。

ぽかんとしたままフリーズしてしまったひなこに気付き、雪人はようやく自己紹介という名のプロモーションをやめてくれた。

「ごめんね。突然すぎたね」

「はぁ……」

突然すぎることは謝っても、訂正するつもりはないらしい。

「結婚といっても難しく考えないでほしい。契約結婚をしないかと、そういう話」

「契約結婚……」

「いわゆる事実婚をするんだよ。ひなこさんが住民票を私の住所に移すだけ。続柄を『妻』にしてね。それだけで健康保険を受けることもできるんだよ」

婚姻届の提出も必要ないから、お互いの戸籍にも瑕《きず》が付かないということか。

「恋愛関係はないからただの同居だね。そして、あなたには家事をこなしてもらう。もちろん働いた分の給料は支払うよ。住み込みのハウスキーパーということかな」

「では、住み込みのハウスキーパーという肩書きでいいのでは……」

「御園学院はバイト禁止でしょう？　ばれたら退学になる恐れもある」

「……よくご存じで」

「私はあそこの卒業生なんだ」

それはひなこも頭を抱えていた問題だった。

学費は免除してもらっていても、生活していくだけでかかるお金がある。食費に水道光熱費、家賃などだ。

学院も事情を考慮すれば、特例としてアルバイトの許可をくれるだろう。けれど、某有名大学にも毎年多数の合格者を輩出している御園学院の授業に、アルバイトをこなしながらついていけるのかという根本的な不安があった。

母が遺してくれた財産も決して多くはないので、収入なしでは卒業までにいずれ底をついてしまうだろう。奨学金をもらったとしても、生活は厳しい。かといって特待生として入学しているからには、アルバイトを理由に留年など許されない。

このまま今の学校に籍を置いていても、無意味なのではないか。悲観的になった頭では自主退学する以外の道が見えなくて、軽く絶望しかけていた。

なので、雪人の申し出には心がぐらついて仕方がない。

住む場所を確保できる上、給料がもらえる。しかもひなこは得意な家事をするだけでいいのだ。家事と学業の両立ならば、今までもなんとかなってきた。

だが、ここで流されるべきではないとも思う。生活のために偽《いつわ》りとはいえ結婚するなんて、人として問題がある。

――たとえ相手が、一生縁がなさそうなほど格好よくても。肩書きが眩《まぶ》しくても。

お断りしようと口を開いた時、またもや手を握られた。

「小学生になる息子には、食品アレルギーがあるんだ」

「え……」

「有賀さんには、その辺を配慮したごはんを作ってもらっていた。それでも彼女の料理はおいしくて、息子はとても懐《なつ》いていたんだ。今は弁当を買ってしのいでいるが、いつまでも既製品を食べさせ続けるのも――」

雪人は苦悩をにじませて俯《うつむ》く。それは、父親の顔だった。

ひなことしても、食に関するこだわりが強いからこそ、いたいけな子どもがアレルギーに苦しんでいるなんて胸が痛い。

「お願いです、私達家族を助けてほしい。どうしてもあなたが必要なんだ」

雪人はおもむろに姿勢を正すと、なんの躊躇《ちゅうちょ》もなく頭を下げた。社会的地位のある大人が、平凡な女子高生に。

けれどそれ以上にひなこを驚かせたのは、彼に必要とされたことだった。

母がいなくなり、もう誰にも求められず生きていくのだと思っていたのに。

「ひなこさん。どうか、家族になってくれませんか?」

家族。その言葉に、はっきりと心が震えた。

家族といるだけで得られる温もりを知っているからこそ、何よりも独りきりの寄る辺なさを実感していたのだから。

――私が、家族になってもいいの……?

目の前に、新たな居場所を示されているような気がした。ひなこの存在を許し、受け入れてくれる場所。

それは、間違いだと分かっていても掴まずにいられない、甘い誘惑だった。

ひなこは立ち上がると、自ら雪人に近付いた。そして、膝の上で握られた彼のこぶしに、おずおずと手を添える。

「――私なんかで、よかったら」

その一言に、彼は勢いよく顔を上げた。

「あぁ、本当にありがとう!」

雪人はそのまま立ち上がると、喜びもあらわにひなこを抱きしめる。

ひなこは驚いて体を縮こまらせた。男の人に抱きしめられたのは初めてだ。

母とは違う広い胸、頑丈《がんじょう》な体。グリーン系の香水と雪人自身の匂いが混ざり、落ち着いた香りがする。幼い頃に死んだ父もこんな感じだったのだろうか。

ハッと我に返った雪人が、慌てて体を離した。

「ご、ごめん。馴れ馴れしかったね。あまりにも嬉しくて、つい」

「いえ……」

ドキドキしたけれど、言いようのない安心感もあった。

人の温かさは安心する。

二週間前の母の冷たさが、今までずっとひなこの感覚を支配していた。それが、温もりに上書きされていく。

契約結婚でも疑似家族でもなんでもいいから、ひなこはすがりたかっただけなのかもしれない。優しく、温かい誰かに。

勢いに押され決断してしまったけれど、きっと後悔はしないだろうと思った。

この温もりを分けてくれた人の側にいられるのだから——

◇
◆
◇

言質《げんち》を取った雪人の行動は迅速で、すぐに家族と顔合わせする段取りが組まれた。

スケジュールを調整して無理やり休みを作り、子どもに話を済ませてからひなこが暮らす部屋作りを始める。家具会社の社長だけあってその辺は抜かりない。

仕事の合間を縫《ぬ》い、住民異動届をもらってくることも忘れなかった。

そして、あっという間に顔合わせ当日。

初めて出会った日にお茶をしたホテルの、フレンチレストランに案内された。

場に相応《ふさわ》しいフォーマルを持っていないため、ひなこは制服姿だった。

御園学院の制服なら問題ないだろうと考えたのだが、雪人になぜか謝罪された。

「気が利かなくてごめん。今度、二人でショッピングに行こう」

しっかり遠慮しておいたが、彼は「一度ブルジョアっぽい豪快な買いものがしてみたかったんだ」と不穏なことを楽しげに呟いている。

フレンチレストランはなんと貸し切りだった。

フロア中央のテーブルに座る人影を見て――ひなこは早速後悔しそうになった。

「あの……連れ子四人って、聞いてませんでしたけど」

第一話　晴れ空と蒸しケーキ

朝目覚めると、見慣れない天井がそこにあった。

部屋を見回してみれば、木目調で統一された机とクロゼット、本棚。壁紙は爽やかなペールブルーで、カーペットはアイボリー。女の子らしい白いソファには淡いミントグリーンとピンクのクッションが並んでいる。

しばらくぼうっと考え、ひなこはようやく自分の今の状況を呑み込んだ。

――そうだ。私、契約結婚したんだった……

実感が湧かないままベッドから降りると、身支度を整え始める。

制服に着替えて髪をとかし、通学かばんを片手に階下に向かう。L字型ソファの背もたれにブレザーをかけて顔を洗ってから、広々としたアイランドキッチンでエプロンを装着する。

今日の朝食は、たまには和食にしてみよう。

ひなこは冷蔵庫から大根や長ネギを取り出していく。他にもさばや納豆、ごぼうや人参なども出した。

朝食と同時進行でお弁当を作るからなかなか大変だ。小、中学校に通う年下組には給食があるため、ひなこと長男と雪人とで三人分。

当初は、自分と長男の分だけを作っていた。それを見て拗《す》ねた雪人の分まで作るようになったのは一昨日からだ。

おいしいランチをいくらでも食べられるだろうと思うのだが、雪人は毎日嬉しそうに『愛妻弁当』を持っていく。照れくさいが確かな喜びも感じていた。

六人分のさばを二度に分けて焼いていく間に、ごぼうや人参、大根や長ネギなどの野菜を刻む。早く火を通したいため全て薄めに切った。

お弁当用の卵焼きを作り、ウインナーを焼く。ミニトマトやわさびマヨで和《あ》えたブロッコリーは栄養バランスと彩りを考えてのものだ。

手際よく味噌汁を作り始めたところで、人の気配に気付いた。

「楓《かえで》君、おはようございます」

「おはよ、お義母さん」

背後に立っていたのは長男の楓だった。

長めの前髪に、無造作に遊ばせた毛先。顔立ちは近くにいるだけで緊張してしまうほど綺麗だが、雪人の禁欲的な雰囲気に比べると少々粗野な印象だ。距離感が近い点もいかにも女性に慣れていそうだと思う。

人を食ったような笑みでの『お義母さん』など皮肉にしか聞こえないし、もしや突然現れた気に入らない人間への嫌がらせだろうかと勘繰《かんぐ》ってしまう。

――そりゃすぐに受け入れてもらえるとは思わないけど、これは心臓に悪い……

肘《ひじ》が触れ合いそうな近さだったため、ひなこはそっと距離を取った。

「もうすぐさばが焼けるので離れててくださいね。火傷《やけど》しますよ」

「いい匂い。今日は和食なんだ」

「ちょっと……」

「しかし幼妻っていい響きだな。しかも義理の母とか、やらしい想像しかできない」

直接的な言葉に、さすがに顔が赤くなる。

そういった反応さえ彼には面白いらしく、大型の肉食獣が獲物をいたぶるように目を細めた。完全に遊ばれている。

「いい加減にしなよ、楓」

さらに過激になりそうだった彼を、凛とした声が制止する。

振り向いた先には、大きめのカラーが特徴的なセーラーと、紺色のサロペットスカートを身に着けた少女が立っていた。少女といってもひなこより背が高く、ずっと大人びた顔をしている。

彼女は長女の譲葉《ゆずりは》。

中学二年生で、生まれつき色素が薄いのか髪は栗色だ。さらさらのショートカットに切れ長の瞳、白磁のように透明な肌。文句なしの美少女なのだが――

「ひなこさん、大丈夫だった？　この男は手が早いから、なるべく二人きりにはならないようにね」

楓との間に割って入って微笑む様は、まるで生まれながらの王子様のようだ。彼女が通っているのはミッション系の女子校だが、それでも憧れる生徒があとを絶たないだろう。

「ありがとう、ございます。譲葉さん。おはようございます」

「おはよう、ひなこさん。あと、敬語なんていらないよ？」

年下だと分かっていても、自然と『さん』付けになってしまうほどの雰囲気があるのだ。呼び捨てなんて恐れ多い。

それにあくまで友好的だが、彼女からはどことなく余所余所《よそよそ》しさも感じていた。そのため、今一歩踏み出せない自分がいる。

「この男とか手が早いとか、ひどくねぇ？　可愛い子を可愛がって何が悪いんだよ？」

「楓の場合、その可愛い子は何人いるんだか」

「数えたことないから分かんねぇ」

けらけら笑う楓は全く悪びれない。

ひなこも元々そんな性格を知っていたから、怒りすら湧かなかった。

彼が着崩している制服は、ベージュのブレザーにスラックス。そう、楓はひなこと同じ御園学院の生徒で、同学年なのだ。

しかもその他大勢に埋もれるひなこと違い、彼は有名だった。

御園学院の『学院一のイケメン』。入学当初から騒がれていたのも知っている。

彼の教室の前は楓目的の生徒が集まりいつでも歩行困難で、見かけるたびに違う女の子を連れているというのはよく聞く話だ。来るもの拒まずという噂もある。

そこまで遊んでいたら同性から恨まれそうなものだが、意外なことに友達は多く交友関係も広い。とにかく世渡り上手なのだろう。

隣のクラスだが、もちろん楓はひなこを知らなかった。雪人が設《もう》けた会食の席で、御園学院の制服を着た姿を見て、初めて同じ学院の生徒だと気付いたくらいだ。

――まぁ、影が薄いのは仕方ないけどね。私は無個性だから。

さばを皿に移している後ろでは、楓と譲葉の口論が続いている。お願いだからリビングでやってほしい。

そうこうしている内に他の兄弟も下りてきた。

大きな黒ぶち眼鏡が特徴的な次男の茜《あかね》。

小学四年生にして、いつも難しそうな本を小脇に抱えている。口数が少ない方で、ひなこは未だにまともな会話をしたことがなかった。兄弟が話しかけても首を振る仕《し》草《ぐさ》だけで答えることが多い。

そのあとに続いてきたのは三男の柊《ひいらぎ》。

小学一年生。譲葉と同じく色素の薄い髪に、少しきつい目元。つんとして懐《なつ》かない猫のような印象の少年だ。

雪人の実子はこの柊一人だけらしい。

前妻は雪人にとって年上の幼馴染みにあたる女性で、小さな子どもを三人抱えて実家に出戻りしていたところを親同士の勧めもあって入籍したのだという。

何はともあれ、離婚後に前妻の連れ子をも引き取った雪人は、度を超えたお人好しなのかもしれない。

「茜君、柊君。おはようございます、ひなこさん」

「……おはようございます」

朝の挨拶に返ってきたのは、独特の間がある茜の声だけ。

柊は兄弟達の挨拶にのみ応じ、ひなことは目を合わせようともしない。義母として歓迎されていないことがひしひしと伝わってくる。

子どもにとって、親の離婚や再婚は繊細な問題だ。

幼い場合特にそうなので、こんな反応も仕方がないと考えていた。

契約結婚であることは雪人と二人だけの秘密だが、もし柊に知られたら大変なことになるだろうと簡単に想像がつく。

お弁当を完成させ、ダイニングテーブルに料理を運び終えても、雪人だけが下りてこない。普段ならこのくらいの時間に起きてくるはずなのだが。

心配になって階段の方に向かうと、広い胸に正面からぶつかってしまった。

「あぁ、ごめん」

よろけたひなこの肩を支えたのは雪人だった。

いつも通りきっちりスーツを着ているが、今はなんだか慌てている。

「おはよう、ひなこさん。ごめんね。朝から会議だから早く行かなきゃいけないって忘れてた。せっかく作ってくれた朝ごはん、食べていけそうにない」

「そんなのいいですけど……遅刻ですか？」

「いや。今出れば間に合うと思う」

答えながら、彼は足早に洗面所に向かう。

雪人が歯みがきなどをしている間に、ひなこは手早くおにぎりを握った。間に合わせのため具はさばの塩焼きだ。

洗面所から出てきた彼は、髪を整えすっかり仕事モードだ。セットしていない姿も若々しくて好きだが、やはりキリッとした髪型も格好いいと思う。

家族全員と挨拶を終えた雪人を、玄関まで見送りに出る。

かばんとお弁当、加えておにぎりを渡すと、彼は目を瞬《また》かせた。

「行きがけに召し上がってください。運転中は危ないからやめた方がいいんでしょうけど、お腹が空いたら元気が出ませんし」

「……ありがとう。ちゃんと信号待ちの時に、いただくね」

雪人は、それだけで元気が出たように頷いた。そしてぐっと腰を屈《かが》めると、ひなこの頬に触れるか触れないかの距離まで唇を寄せる。

空気にキスするようにして、彼は極上の笑みを浮かべた。

「新婚さんの大事な儀式、でしょ？」

「……あの、契約結婚ですよね⁉」

「ははは。行ってきます」

雪人は真面目に取り合わず玄関を出て行こうとする。

その背に赤い頬のまま「行ってらっしゃい」を言うと、彼は一瞬意外そうにしたものの、甘い微笑を残して行った。

「はぁ……どこもかしこも心臓に悪い」

毎日これが続くとしたら、おそらくひなこの体はもたないだろう。

見送りを済ませたのち、三嶋家四兄弟とテーブルにつく。

雪人はもちろん譲葉も部活動で忙しい上、毎日のように遊び歩く楓までいる。全員で食卓を囲む機会がないのはひなこが避けられているせいだなんて思いたくないけれど、母とは一緒に食べるのが当たり前だったからなおさら寂しい。

なので、こうして共に食事をしてくれるだけで嬉しかった。

「みんなで食べると、ごはんっておいしいですよね。いつかは雪人さんも揃って、みんなで食べられるといいですね」

ニコニコと笑うと、楓と譲葉はばつが悪そうに目を合わせた。

彼らは低血圧そうに見えて意外と朝もしっかり食べるので、最近では大きめの茶碗にご飯をよそうようになった。こんなふうに少しずつ彼らを知っていくたびに、家族に近付けたような気がする。

「お。このさば焼きたてだからか、めっちゃうまいな」

「夜遊びばかりして、おいしい瞬間を逃してるのは楓の自業自得でしょう？」

「お前本当、実の兄に言いたい放題だなー……」

楓に対していつも素っ気ない譲葉は、抗議をサラリと無視して食べ進めている。

所作が綺麗なのでイメージしづらいが、彼女のおかわりの早さも兄を凌《しの》ぐ勢いだ。

茜は外見通りというか、やはり朝食はあまり食べない。低血圧というより夜遅くまで本を読みふけっているせいだろう。

「茜君、おいしいですか？」

こっくり頷くだけだが決して無視はしないため、彼の律儀さに自然と頬が緩む。少食でも好き嫌いがなく嬉しい限りだ。

末っ子の柊をちらりと見る。

雪人が言っていたように、彼にはアレルギーがあった。卵アレルギーなのだ。

——卵が食べられないなんて、そんなの悲しすぎる……

オムライスや半熟のトロトロゆで卵だけでなく、多くの料理には卵が付きものだ。ケーキやクッキーなどの甘いものにも。

なんの憂《うれ》いもなく食事ができないなんて、大変だろう。これは本当に大丈夫なのかと、食べる時にどうしても脳裏をよぎるに違いない。

柊は、無言で食卓を眺めている。

長ネギと大根のお味噌汁と、さばの塩焼き。きゅうりの浅漬けに納豆と梅干し、そしてご飯。卵は使っていない。

彼は納豆をのせると、ご飯を一気にかき込んだ。

残りは梅干しで食べきり、「ごちそうさま」と呟いて席を立った。ひなこが作ったものには一切手を付けていない。

共に暮らし始めてからというもの、毎食がこの調子だった。

一生懸命作ったものを残されるのはもちろん悲しいけれど、食生活のあまりの偏《かたよ》りように心配が先に立つ。学校給食でもああなのだろうか。

ひなこは、ランドセルを背負って玄関に向かう柊を追いかけた。

「あの、柊君。卵は全然使ってないから、もう少し食べて欲しいな。お野菜とか魚とか、みんな栄養いっぱいですよ」

「栄養なんてサプリで摂れるじゃん」

靴を履きながら素っ気なく答える背中に何も返せない。

サプリメントだけじゃ万全ではないと言いたいが、そういう話じゃなかった。ひなこの料理を食べないことに問題があるのだ。

後ろから軽い足音が近付いてくる。柊だけでは危ないから一緒に登校するつもりなのだろう、既に身支度を済ませた茜が立っていた。

「……行ってきます」

ぺこりと礼儀正しく頭を下げる茜と、無言で家を出て行く柊。

柊は、最後までひなこと目を合わせなかった。

「行ってらっしゃい……」

今日もまた、ひなこの完敗だ。

雪人によると、柊の卵アレルギーが分かったのは生後十ヶ月の頃らしい。

症状が重く、湿疹《しっしん》だけじゃなく嘔吐《おうと》もあったので、すぐ病院に連れていった。そこで柊は重度の卵アレルギーであることが判明した。

それから母親は、卵を使わない食事を懸命に作ったという。しかし彼が一歳の時に、離婚。もしかしたらそれきり一度も検査を受けていないかもしれない。彼は、未だに卵を食べられないでいる。

勢いとはいえ契約結婚をしたからには、何か三嶋家の役に立ちたい。

難しい問題だが、まずは柊のアレルギーをなんとかできないだろうか。

「『アレルギーのことがわかる本』？」

時間を忘れて読書に没頭していたひなこは、突然本のタイトルを読み上げられどきっとした。いつの間にかお昼休みになっていたらしく、前の席では友人がお弁当を広げている。

栗原優香《くりはらゆうか》。入学当初話をして以来、大体行動を共にしている。

彼女は裕福な家庭育ちで女子力も高く、何より美少女だ。ひなことは対極の存在と言ってもいいのだが、なんとなく馬が合った。

「珍しいわね。あんたが教科書でも参考書でもないもの見てるなんて」

優香の言う通り、ひなこは学校にいる間ずっと勉強をしている。休み時間に予習復習をしっかりやって、ようやく授業についていけるからだ。

ひなこはかばんに本をしまうと、代わりにお弁当を取り出す。そのおかずをやけに熱い視線で眺めながら、彼女は訝《いぶか》しげに首を傾げた。

「ひなこ、アレルギーなんてなかったわよね？」

「私じゃなくてね、知り合いの子どもがちょっと……」

「それで勉強して、ごはん作ってあげようって？　本当にお人好しねー、あんたは」

知り合いというか義理の息子です、と言ったらどんな顔をされるだろう。

優香には、契約結婚の話をしていない。

頼れる親類がなく金銭面で困窮《こんきゅう》しているなんて、知られたくなかった。

黙っているのは心苦しいが、打ち明ければこの過保護な友人は大騒ぎをするに違いない。

最悪、三嶋家に乗り込む。やりかねない。

色々想像し、やはり黙っていようと改めて心に誓っていると、優香が子猫のように上目遣いで見上げてきた。

「ずるい。ひなこの手料理なら、私だって食べたい」

「栗原家のシェフが作った、そんなに豪華なお弁当があるのに？」

「これだってちゃんと食べるけど。……ひなこのごはんの方がおいしいんだもん」

ぷうっとふくれる優香に、周囲の男子がときめいているのが面白い。

「優香って小悪魔だよね」

けれどひなこだって笑みをこぼさずにいられない。

プロよりおいしいはずなどないが、そんなふうに言われたら嬉しいに決まっている。

お弁当とは別に作ってあったおにぎりを、彼女の方へと差し出した。

「え、くれるの？」

「うん。小腹が空いた時用に、朝ごはんの残りで適当に作ったやつだけど」

具は雪人に渡したものと同じ、さば。柊が手を付けなかったために余ってしまった分を使ったのだ。

「じゃあ私が食べちゃ駄目じゃん」

「いいよ。もうお昼だし、このまま余っちゃう方がもったいないから」

再度勧めると、誘惑に抗えなかった優香がおにぎりに手を伸ばした。

「わーい、ありがと。ぶっちゃけ狙ってたんだ」

おいしそうに食べる姿は微笑ましく、作った方も報われるというものだ。見れば、周囲の男子もほっこりしていた。

「優香ってすごく可愛いから、恋人がいないの不思議な感じだね」

彼らの気持ちを代弁するつもりで言ってみた。

固唾《かたず》を呑んで聞き耳を立てている男子達の『いいぞ！　有賀！』という声にならない喝采《かっさい》が、ひしひしと伝わってくる。感謝しなくてもいいから普通に見守ってほしい。圧がすごい。

優香は外見に似合わない嘲笑を漏らした。

「少なくとも、見た目も中身もつまんない連中なんて論外っていうか」

とても愛らしい口から強烈な暴言が放たれる。

周囲にいる男子が胸を押さえてうめく。彼女が素直に甘えるのは、なぜかひなこに対してだけなのだった。

「ひなここそ、好きな人とかいないの？」

「いいご縁がないからね」

「年寄りくさい台詞《せりふ》はともかく、男子って本当に見る目ないよね。私みたいに性格サイアクな女がモテるとか。自分達は上っ面しか見てない薄っぺらい人間ですって白状してるようなもんじゃん」

自分の容姿を正確に理解している優香の毒舌は、今日も冴え渡っている。男子達は既に瀕死の重症だ。

ひなこは箸を置き、彼女の頭を撫《な》でた。

「優香は見た目だけじゃなくて、中身も素直でいい子だよ。私は好きだな」

ニッコリ笑うと、優香は頬を赤くする。皮肉を言う口が途端に勢いをなくした。

「……ひなこが男の子だったら、とっくにお嫁さんにしてもらってるのになぁ」

「仮に私が男の子だったとしても、まだ十七歳だから結婚できないよ」

「じゃあフィアンセで」

フィアンセ。一般庶民には雲の上の言葉だ。

遠い目をしていると、にわかに廊下が騒がしくなる。

今日もたくさんの女子生徒を引き連れ、楓が教室の外を歩いていた。

彼の姿を間近で見ようと、クラスの女子もドアに駆け寄っている。座ったままでいるのはひなこと優香くらいだ。

「今日もすごいわねー、三嶋楓。アイドルばり」

「本当にねー」

楓の周囲はいつもキラキラしていて、取り巻きも化粧バッチリな美女しかいない。

来る者拒まずという噂は知っているが、おそらく隣に立てる自信のある者だけが残っているのだろう。

ひなことて一応髪には気を遣っているが、染めても巻いてもいない。顔も眉毛を整えているだけと断然地味なので、彼と並ぼうだなんて発想にまずならない。

ひなこはふと、優香を見た。

「ああいう感じならどうかな、彼氏？　少なくとも見た目はつまらなくないよ」

中身はひなこもまだ分かっていない。むしろ若干苦手意識があるくらいだ。

ただ、いつでも学年トップを独走しているから頭がいいのは確かだし、何より優香ならば取り巻き軍団に入ってもなんら遜色《そんしょく》ない。

脳内で勝手にイメージしていると、彼女は鼻で笑いながら切って捨てた。

「却下。あーゆう騒がれても平然としていられる男って好きじゃない。なんか格好いいから騒がれて当然って思ってそう」

否定したいところだが、するだけの根拠もないひなこは苦笑いをするしかない。

ちなみに、周りの男子達はなぜかガッツポーズしている。

その時、二年B組に爆弾がやって来た。いつも通り廊下を素通りするはずだった楓が——教室前で止まったのだ。

「あー……有賀さん、いる？」

教室に衝撃が走ったのを、ひなこは肌で感じた。

なぜか水を打ったように静まり返るクラスメイト。ドアにしがみついていた女子達が、楓を見つめたまま呆然と後ずさる。ひなこはこっそり頭を抱えた。

——学校では話しかけないでって、もっとちゃんと言っておけばよかった……

これが怖いから、同じ目的地であってもわざわざ時間をずらして登校していたのに。学校中に注目されている楓だからこそ、近しい関係になったことを知られぬよう神経を使っていたのに。

ひなこはチラリと優香を見る。

無言で微動だにしないのが怖い。嵐の前の静けさ、という言葉が頭をよぎった。

誰も返事をしないことにしびれを切らした楓が、教室に踏み込んでくる。真っ直ぐに、ひなこのもとへ。

そこにすかさず立ちはだかったのは優香だった。いつもより多めに可愛らしい笑みを振りまいている。

「わー、楓君って間近で見るの初めて。ホントにすごく格好いいんですね」

「あぁ。……栗原優香ちゃん、だっけ？」

彼女ほどの存在感なら楓も認識しているらしいが、こちらに確認しないでほしい。

ひなこに目を向ける楓から隠すように、優香は身体をずらした。

「ヤバい嬉しいー。楓君が私を知ってるなんて思わなかったー」

「俺もこんな可愛い子と話せて緊張しちゃうなー」

優香の言葉が全て氷点下のように冷たく聞こえるのはなぜだろう。

楓もそれを察知しているのか、単純に可愛い子と話せて嬉しいという表情ではなかった。愛想のいい笑顔だが、目が笑っていない。

「でも知らなかったな。ひなこと楓君が仲良いなんて。どーゆう関係なのかなーって気になっちゃう」

楓がチラリとひなこを見る。

説明してもややこしいだけなので、ひなこは必死に首を振った。

けれど優香にはその目配せが癪《しゃく》に障ったらしく、矛先《ほこさき》がこちらに向いた。

「ねぇ教えて、ひなこ？」

満面の笑みが怖い。冗談でも『実は義理の親子関係です』なんて言ったら、その場で締め上げられそうだ。ついでにクラスメイトの視線も痛い。

ひなこは耐えきれず、勢いよく立ち上がった。

「ごめん優香、今日は一緒に食べられない！」

「ひなこ⁉」

「ごめん！」

ひなこは楓の手を引くと、好奇の眼差しを振り切るように走り出した。

教室を飛び出したところで彼の取り巻き軍団と目が合った。完全に敵認定されているらしく、刺すように鋭く睨まれる。

追いすがられてはさすがに振りきれないと焦るも、握った手を握り直すと、今度は楓が先導しだした。万能人間とは知っていたが、想像以上に速い。風を切るようなスピードで取り巻き軍団を一気に突き放していく。

ひなこと楓は足を休めることなく駆け続け、誰もいない校舎裏にたどり着いた。

晴れた空も木々に隠れて見えない薄暗い場所だ。乱れた息を整えながら、校舎の外壁を背に座り込む。

「楓君……何考えてるの。というか、私になんの用事があったの？」

「悪い。まさか、あんな騒ぎになるとは。ただちょっと話したくて、ついでに一緒に飯でもどうかと思ったんだけど」

確かに彼の手には、ひなこが作ったお弁当があった。

そりゃなるでしょう、と思ったが、案外本人は気付かないものなのかもしれない。

ちなみにひなこも、あの騒ぎの中でもちゃっかりお弁当を持ち出していた。

「まぁ、いっか。お昼休みが終わっちゃうし、とりあえずごはん食べようか」

「あんたはここでいいの？」

暗い雰囲気の校舎裏は不人気な場所代表だ。けれどひなこは笑顔で頷いた。

「ひと気がないからのんびりできるし、日が当たらないおかげであんまり暑くないから結構快適だと思うけど。楓君は嫌？」

暦《こよみ》の上では秋だが、日の当たる時間帯は少し汗ばむ陽気だ。その点ここは食事をするに適した場所だった。

「いや……ここがいい」

楓は少し驚いていたが、すぐにいつものように笑う。どこか嬉しそうにも見えた。

彼は嫌がらせのごとく近くに座った。

適切な距離ではないので、さりげなくこぶし一つ分間を空けながら、並んでお弁当の包みを開く。たくさん走ったが、きちっと詰めてあるためほとんど偏《かたよ》りはない。

「あんたさ、敬語じゃなくなったな」

指摘され、敬語を忘れていたと今さら気付く。

「あ、すみません」

「いいじゃん。そのままでいろよ」

楓はそう言うと、小さく口の端を持ち上げた。

なぜひなこの言葉遣いごときを気にするのかと、彼の笑顔を眺めながら不思議に思う。雪人の実子ではないのに変なところだけ似ている。

律儀に「いただきます」と言ってから、楓が食べ始めた。

ひなこも負けじと箸を進めていると、彼は手元を覗き込んできた。

「お。よく見りゃおかずが違うじゃん」

「万が一を考えてね」

ひなこのお弁当には朝食の残りのさばが入っていて、きんぴらも細かく刻んで卵焼きにしている。ちょっとしたことだが、見た目の印象は大きく違っていた。

トラブル回避のため、一緒に暮らしていることがばれないよう徹底的に工夫しているのだ。お弁当袋もお弁当箱も違う。

「うまそう。それちょーだい」

楓が指したきんぴらの卵焼きは、ラスト一つ。ひなこはあっさり首を振った。

「駄目です」

「なんだよ、ケチくせぇな」

「食べたいなら、今度楓君のために作ってあげるから」

そう言うと、彼はころりと機嫌を直した。

「にしてもあんた、やっぱり変わってるな。俺の頼みを断る奴なんて滅多にいねぇ」

「『やっぱり』?」

どこか満足げな呟きに、ひなこは首をひねった。やっぱりと言われるほど会話をしていない気がする。

「私達、どこかで話したことあった？　でも会食の時も初対面って言ってたし……」

楓は考え込む隙を衝くように、きんぴら入りの卵焼きを自らの口に放り込む。あまりの素早さに反応が遅れてしまった。

「……あぁ！　最後の一口にしようと思ってたのに！」

「うん。うまい」

「感想なんて求めてないよ！」

「いつまでも残しとくからだろ」

「好きなものは最後までとっておくタイプなんです！」

「へぇ。俺は大事なものには、いつ手を伸ばしていいのか分かんねぇタイプ」

嘘だ。この理性のきかない獣は、欲しいと思ったらすぐ食べてしまうに違いない。

たった今犠牲になったきんぴらの卵焼きのように。

けれど、ふと笑みを消し真剣な表情になるから、責める言葉に詰まってしまった。

「……いくら大事にしてたって、思いがけない奴に横からさらわれちまうってこともあるんだけどな。こんなふうに」

意味深な言葉だ。

視線が向いた瞬間どきっとしたが、彼はすぐに余裕綽々《よゆうしゃくしゃく》の笑みを浮かべた。

「だからこれは教訓。卵焼き一個なら、安くついただろ？」

「全然ありがたくないし……」

憎まれ口を返しつつ、内心の動揺を必死に押し隠す。

楓はやはり野生の黒豹のようだ。気まぐれで誇り高く、しなやかで美しい。

たとえ今より打ち解けたとしたって、彼への緊張感はなくならないだろうと思った。

あまりに美しすぎるものは、時に心臓を脅かす。

「まぁ、おいしいならよかったよ。でももっともっと頑張って、柊君に食べてもらえるくらいおいしいごはんを作れるようにならなきゃ」

「おいしいごはん、は関係ないんじゃね?」

楓の言葉に、ひなこは目を瞬《またた》かせた。

「あんたの作るもんはうまいよ。有賀さんの娘だけあって味付けが似てる。それを、柊だって食べられないはずねぇんだ」

「——あ……」

そうだ。柊は、ひなこの母の手料理に満足していたのだ。

母に習って始めた料理の腕は、色んなレシピを教え合うほどに成長していた。

ほとんど味付けが変わらないのだから食べられるはずなのに、楓に言われるまで全く気付かなかった。それほど、焦っていたということだ。

「……楓君は、柊君が私のごはんを食べない理由、分かる？」

「それは柊に聞くべきだろ」

恐る恐る聞くと、投げやりにも思える言葉が返ってくる。

それができないから聞いているのに。不満げに黙り込むと、彼はさらに続けた。

「聞けないって思うのは、あんた自身の考えだ。あんた自身が作ってる壁だろ？」

「それは……」

一人で悩むばかりで、遠慮があるのは確かだ。ひなこは唇を噛んで俯《うつむ》く。

「箸、止まってるぞ」

「あ、はい」

もたもたしているとお昼休みが終わってしまうため、一先ずお弁当に専念する。

おかかをまぶしたご飯を頬張り、卵焼きを口に運ぶ。甘じょっぱさが口に広がった。

次にさばに手を付け、ミートボールを食べ、とにかく無心で食べ続ける。

すると、不思議と気分が楽になった。慌ただしさから朝食を満足に食べていなかったため、思考が暗い方に傾いていたのかもしれない。

昔からそうだった。

友達と喧嘩《けんか》した時や、学校で意地悪をされた時。

家に帰って母の手料理を食べると、ひなこは魔法のように元気になれた。今考えると、食べながら話を聞いてくれた母の存在が大きかったのだろうが、小さいひなこは本当に魔法の料理だと思っていた。

当時の経験から、今でもごはんを食べると前向きになれる。

母が残してくれた魔法だ。

大半を胃袋に収めた頃には、すっかり気分も上昇していた。

「やっぱりお腹空いてたから、いい案も浮かばなかったんだな。ちょっと私らしくなかったかも。うん、やる気出てきた」

うじうじ悩むより行動あるのみ。ひなこはこぶしをぎゅっと握った。

「ありがとう、楓君。話を聞いてくれて」

顔を覗き込んで笑うと、彼も頬を緩める。

「あぁ。ようやく笑ったな」

その一言で全てが分かった。彼は多分、このために来てくれたのだ。

もしかしたらひなこは誤解をしていたのかもしれない。

雪人との偽装結婚を疑われ、嫌われているとばかり思っていた。突然家族に交じろうとする異物を、楓は排除したいのではと。

けれど、そんなことはなかった。ちょっと軽薄で困った言動ばかりだが、彼なりの分かりづらいやり方で受け入れてくれていたのだ。

胸が詰まって何も言えずにいるひなこに、楓はぐいと顔を近付けた。

「で？　あんたなんでオヤジと結婚したの？」

「――へ？」

あまりに唐突な質問に、頭が追い付かない。

彼はそれを狙っていたのだろう、見事術中にはまり動揺してしまった。

「な、なんで、って、好きだから、だよ」

「どこを？　つーかこっちは、そもそも付き合ってすらなかったと踏んでるけど。オヤジは仕事ばっかで、離婚してからずっと女の気配なかったしな。もし付き合ってたとしても、結婚考えるほどの相手ならもう少し会話に上ってよかったはずだし。それをいきなり結婚とか怪しすぎるだろ」

前言撤回。好悪《こうお》はともかく、やはりものすごく怪しまれていた。

ひなこは盛大に目を泳がせながら、なんとか話のすり替えを試みる。

「あ、そろそろ教室に戻った方がいいんじゃないかな。二人で戻るのもあれだから、時間差が必要だし」

「他人の目なんか気にすんなよ。あんた俺のお義母さんだろ」

「そういう問題じゃ……って、一緒に戻る方向で話進めてない⁉」

あれだけ大騒ぎになったのに、なぜまた堂々と火種を撒《ま》こうとするのか。

全然誤魔化されてくれない楓は最後まで疑惑の眼差しのままだったが、なんとか説得して追いやった。ひなこはようやく一息つく。

そうして適当に時間を潰《つぶ》すつもりでいたのに、スマートフォンが着信を報《しら》せる。

液晶画面に浮かぶ『雪人さん』の文字に気付き、ひなこはすぐに電話に出た。

『もしもし。ひなこさん、ごめんね。学校にいる間は電話をしないようにと思っていたんだけど』

雪人の穏やかな声に、ふと気が緩む。

なんでも急な会食が入り、今日の夕食は食べられそうにないということらしい。

メールでもしてくれればよかったのに、本気で申し訳なさそうな声音だから思わず笑ってしまう。

「今はお昼休みですから、そんなに気を遣わなくていいですよ。そうだ。こちらもちょうど大切なお話があるんです。まだお時間大丈夫ですか？」

彼も休憩中ということだったので、楓に結婚を怪しまれた件を相談してみる。

けれど話し終えても、なぜか雪人からの応答がない。

「……雪人さん？」

『あぁ、ごめん。大切な話なんて言うから、別れ話だったらどうしようと思ってた』

「なっ、もう、何言ってるんですか！」

ひなこは赤くなって抗議した。冗談を言っている場合じゃないのに。

「それよりごめんなさい。私が上手に誤魔化せなかったせいで……」

『心配することないよ。元々、楓や譲葉には知られてもいいと思っていたから。彼らはしっかりしているし、事情をきちんと話せば分かってくれるよ』

雪人の声には全く憂慮《ゆうりょ》の気配がなく、安堵の息をつく。

『もし話し辛かったら、私の方から説明するよ？』

続いた彼の提案に、少し考え「いいえ」と答えた。

「大事なことだから、ちゃんと話した方がいいと思うんです。楓君と譲葉さん、それに雪人さんと私も揃って」

『そうか……分かった。じゃあ近い内に、そういう場を設《もう》けようか。楓はともかく譲葉は部活があるし、下の子達にはまだ秘密にしておきたいからタイミングが難しい。舞台を整えないとなかなか言えない気がするね』

帰宅部のひなこと楓とは違い、譲葉は剣道部に所属している。

しかもかなり強くて部のエースらしい。遅くまでの練習だけじゃなく朝練もあるため、子ども達が寝たあとに、というのは体力的に辛いだろう。

「そうですね。雪人さんのお仕事の都合もありますから、私は皆さんに合わせます」

楓のあの迫力を思うと、その時まで秘密を守り切れるか自信はないけれど。

とにかく、大事な問題を相談できてよかった。

「……あれ？　でもそれなら、なんで黙ってたんですか？　はじめから二人には話しておいてもよかったのでは……」

結婚すると報告した時、チャンスはいくらでもあったように思う。

雪人の口調からするとさほど重大に考えていないようだから、個々にならば話す機会も作れたのではないだろうか。

ひなこの疑問に、電話の向こうで雪人が苦笑した。

『契約結婚だとばれたら色々厄介かな、と思ってはいたんだ。特に楓は』

「厄介、ですか？」

『フフ。こっちの話だよ』

よく分からないが、他にも話したいことがあったのでとりあえず追及は諦める。

「雪人さん。実は、お願いがあって……」

内容を聞き終えると、雪人は快く了解した。

「ごめんなさい。でしゃばったことだと分かってるんですけど……」

『嬉しいよ』

「え？」

『家族の問題に、あなたが深く関わろうとしてくれて、とても嬉しい。ありがとう』

家族。一緒に暮らし始めて十日ほどだから、まだ実感はない。

緊張することが多いし、距離感を間違えているのではと不安になったりもする。

けれど、楓も言っていた。そうやって壁を作っているのは、もしかしたら自分自身なのかもしれない。

ひなこは思いきって口を開いた。

「なら、もう一つ言わせてください。茜君の寝る時間、私はちょっと問題あると思うんです。小学生が十二時すぎまで起きてるなんて、よくないですよ」

茜は常に本を読んでいる。

本当はずっと気になっていたのだが、ひなこが口出しすることではないと黙っていた。ゲームではなく読書というのがまた注意しづらい。

しかも睡眠不足は昼間の生活に影響を及ぼすから、と言いたいのに授業中の居眠りはないらしく、むしろ学業優秀。機嫌が悪くイライラしがちになるという説もあるが、彼が怒っているところなど一度も見たことがない。非の打ち所がないのだ。

雪人も特に悪いと思っていなかったらしい。びっくりしたような声を出した。

『そう……なの？』

「当然ですよ。あのくらいの年齢だったら、最低でも九時くらいには寝てるものです。私が言うのもおかしいですから、雪人さんから注意してくださいね」

雪人は、なぜか笑いを堪《こら》えているようだった。

『それはぜひ、ひなこさんから言ってあげて欲しいな』

「なんでですか」

嫌な予感がする。こういう時の雪人は、少しからかうような口調になるのだ。

『家族がまとまる気がするから。あと、奥さんって感じがして、すごく可愛い』

「雪人さん……」

予想通りにからかわれ、ひなこは脱力した。

怒ろうにも、あのいたずらっぽい笑顔が頭に浮かぶとその気も失せる。

ため息だけに押し留め、律儀に「お仕事頑張ってくださいね」と一言添えてから通話を切った。

その後、教室に戻れば美人すぎる鬼が待ち構えていたのは言うまでもない。


学校帰り。色々買いものをしたひなこは、エコバッグ片手に歩いていた。

牛乳が入っていて重いが、体力はあるので小柄な体はすいすいと進んでいく。

少し買いものに時間がかかってしまったため、辺りはもう暗い。

この時期の夜は、昼間の暑さが嘘のように涼しくなる。生温かった風も冷たくなり、秋本番を思わせた。

近道なので、公園の中を抜けていく。

昼間には犬の散歩をする人や、お母さんと遊ぶ子どもを見かける広い公園だ。シックなデザインの街灯が並ぶ遊歩道を、のんびり歩くのが好きだった。

まだ衣替えを始めていない木々を見上げていると、後ろからエコバッグがスッと奪われた。驚いて振り返ると、そこには譲葉が立っている。

「お疲れさま、ひなこさん」

「譲葉さんこそお疲れさまです。今日は部活、早いんですね」

彼女は部活動に勤しんでいるし、学校自体がやや遠いところにあるため、こうして行き合うのは初めてのことだ。

「もうすぐ中間テストだからね。学校側があまり遅くまで練習させないんだ」

「そうだ。うちと日程が被ってますよね。テスト期間中、お昼ごはん作りますね」

「ありがとう」

稽古で疲れているだろうと荷物を取り返そうとするも、譲葉は首を振る。さらっと行動してあまり気を遣わせない感じが、本当に王子様のようだった。

優美な曲線を描く彼女の輪郭《りんかく》が街灯に照らされ、幻想的だった。現実と夢が曖昧《あいまい》になりそうなほど。

「そういえば、ひなこさん。今日は結構買いものしたんだね」

彼女は珍しげにエコバッグを見下ろした。

確かに普段はこまめに買い足しているが、そんな些細《ささい》なことに気付いていると思わなかった。周りをよく見ているのだ。

「実は明日のお休みに、ケーキでも作ってみようと思いまして」

「すごいね。ケーキなんて作れるんだ」

目を丸くする譲葉に、ひなこは少しはにかんで答えた。

「ケーキとも呼べないような簡単なものを作る予定ですけどね。といっても、卵を使わないものには挑戦したことがないので、失敗するかもしれません」

「……なるほど。柊のためなんだね」

譲葉はすぐに察した。

「やっぱり私にできることは、これしかありませんから」

柊のために何ができるのか。

一生懸命考えても、他に何も浮かばなかった。ひなこの取り柄は料理だけだ。

「ごめんね、明日は勉強会があるんだ。できれば手伝いたかったんだけど……」

「いいんですよ。私が柊君に歩み寄りたいだけですから」

そう言うと、彼女はとても綺麗に笑った。

「いつも柊のためにありがとう、ひなこさん。失敗しても心配ないよ。残しといてくれれば、私が全部食べるから」

彼女の力強い言葉が、ひなこの背中を押してくれる。あまりに凛としていて、本当にキラキラ輝いて見えた。

「譲葉さんて、本当に王子様みたいですね……」

ほう、と呟くと、なぜか彼女はぎこちなく笑った。

「よく言われるよ、それ。こんなこと言っても仕方ないって分かってるんだけど……時々、そういうのが息苦しく感じる時もある、かな。みんなに自分がどう映ってるか分からなくて、強い姿を演じてしまう時もあるよ」

周りの期待を重荷に感じてしまうということだろう。

ひなこも完全無欠の王子様だと、偶像としての譲葉を勝手に作り上げていた。

「すみません、譲葉さんの気持ちも考えず王子様だなんて。でもきっとそういう、全然関係ない他人のことで悩んじゃう優しいところを、みんな感じ取ってるんでしょうね。だから譲葉さんは考えすぎず、自然にしていていいんじゃないですか？　……って、私なんかが言うことでもないんですけど」

少し説教臭かったかと、慌てて譲葉の反応を窺《うかが》う。

思いも寄らない返答だったようで、彼女はしきりに目を瞬《またた》かせていたけれど、やがて肩の力を抜いて柔らかく微笑んだ。

「……いや、ありがとう。お義母さん」

今度はひなこが驚く番だった。

「譲葉さんもそういう冗談言うんですね」

「フフ、ごめん」

無邪気に笑う姿は、年相応の少女だ。

なぜ、これまで彼女を余所余所《よそよそ》しいと感じていたのか。気を張ってばかりのひなこに少しでも歩み寄ろうという、彼女なりの気遣いだったかもしれないのに。

楓の助言を思い返しつつ、ひなこは勇気を出して口を開いた。

「あ、あの、譲葉さん！　いつも敬語はいらないって言ってくれてましたけど、本当に遠慮しないでいいですか⁉」

赤くなっているだろう顔を隠すように俯《うつむ》き、ぎゅっと歯を食いしばる。拒絶が怖くて目を見ることもできない。

少しの沈黙のあと。無理やりひなこの顔を覗き込んだ譲葉は、いたずらっ子のように笑った。楽しそうで、こういうところは雪人や楓と似ている。

「『譲葉』って呼んで？　ひなちゃん」

彼女は弾むような足取りで歩き出す。

慌ててその背を追いかけるひなこの顔は、先ほどまでよりもっと熱い。けれど頬は緩みっぱなしだ。勇気を出してよかった。

――少しずつ、みんなにこうして、近付いていきたいな。そして、本当の家族になれたら……

星がぽつりぽつりと輝き始めた空の下、ひなこは早まる鼓動を宥《なだ》めながら家路についた。

◇◆◇

休日の昼下がり。

外は秋雨がしとしとと降っているが、三嶋家には甘い匂いが漂っていた。

譲葉は昨日言っていた通り外出をしているし、雪人も用事があるとかで会社に行っている。楓と茜はリビングで読書中だ。同じ読書でも楓が読んでいるのは漫画なので大きく異なる気がするが。

柊は、二階の自室にいる。

勉強中か遊んでいるのか分からないが、甘い匂いは確実に届いているはずだ。

ひなこが作っているのは、米粉のチョコ蒸しケーキ。

米粉やココア、ベーキングパウダー、チョコチップなどを混ぜて蒸すだけなのでとても簡単だ。米粉のおかげでもちもちに仕上がり、時間が経ってもおいしい。

雪人と譲葉は甘いものが得意でないそうなので、ビターチョコ味も一緒に作った。

もうすぐ蒸し上がるという時、ちょうど柊が階下にやって来た。

「柊君、蒸しケーキ作ってみたんです。食べませんか？」

「……いらない」

「えっと、卵、使ってないよ？」

「いらないって」

少し強めに断られ、それ以上は何も言えなくなってしまう。

黙り込むひなこの側を通りすぎると、柊は冷蔵庫に手を伸ばした。飲みものを取りに来ただけらしい。

ひなこは蒸し器からケーキを取り出す。

成功だ。ふっくらと膨らみ、花が咲いたように割れていた。湯気がほこほこと立ち上って食欲をそそる。

それを急いでお皿に載せ、柊に差し出した。

「柊君、ちょっとでいいから食べてみてください。ほら、ちょうど小腹も空いてくる頃だし、軽食みたいな感じで――」

「うるさいな！　いらないって言ってんだろ！」

柊はお皿の上のケーキを素手で掴むと、力任せに床に叩きつけた。

チョコの蒸しケーキが無惨に転がる。

「みんな押し付けがましくしやがって！　面倒ならオレなんかに構わなければいいだろ！　頼んでもないのに――……！」

「柊！」

強い口調で遮ったのは、漫画を読んでいた楓だった。彼は紙面から顔を上げ、真っ直ぐ柊を見つめている。

肩で息をしていた柊が、ハッと足元の蒸しケーキを見下ろした。

その顔には強い罪悪感や苦しみ、悲しみ、憤り、様々な感情が複雑に入り混じっていて、ひなこは言葉を失う。

重苦しい雰囲気を振り切るように柊が駆け出した。玄関扉の開閉音が響く。

半ば呆然としていたら、エプロンの裾《すそ》を誰かが掴んだ。

「……追いかけて、あげて」

「茜君」

「こんなことして、絶対に後悔してる。自分を責めてる。きっと、ひなこさんじゃなきゃ駄目なんだ。ひなこさんが、追いかけてあげて、ほしい」

見上げる瞳は澄んでいて、弟を純粋に案じていた。ひなこはしっかりと頷き返す。

「――うん、そのつもりだよ。ありがとう」

傘を持たずに行ってしまったようなので、柊の傘も持って急いで飛び出す。

ずっと、卵料理を食べられないことが辛いのだと思っていた。食事を心の底から楽しめないことが悲しいのだと。

『みんな押し付けがましくしやがって！　面倒ならオレなんかに構わなければいいだろ！　頼んでもないのに――……！』

……きっと、それだけではなかったのだろう。今までひなこは、柊自身としっかり向き合っていなかったのかもしれない。

彼の思いが聞きたかった。何が悲しくて、どんなふうに傷付いたのか。

ひなこは、通学途中にある公園に来ていた。

傘を持たない柊が、雨をしのぐため園内のアスレチックゾーンに来ているのではと思ったのだ。こんな日は誰もいないから、一人になるにはちょうどいい。

果たして、そこに柊はいた。

ロープのはしごやタイヤのブランコ、たくさんの遊具が一体になったような滑り台の、床下にうずくまっていた。

なんと声をかけたらいいのか分からず立ち尽くしていると、柊がポツリと呟いた。

「――オレのごはん作るのが大変だから、母さんは出て行ったんだ」

静かに降る雨は、彼の消え入りそうな声を遮らない。

「卵を、食べられないからって。神経質なくらい、手作りにこだわって……そんで、疲れちゃったんだよ」

離婚は五年前と聞いているから、柊が一歳の頃だ。確かに時期は被っているのかもしれないが、必ずしも原因は一つじゃないはず。

そもそも当時まだ一歳の柊が、そんな考えを思い付くはずがない。きっと母と暮らしていた記憶さえはっきりしないだろうに。

「そんなことない……」

「適当なこと言うなよ！　だってみんなそうだった！　うちに来たハウスキーパーさん、みんなニコニコして大丈夫って言うくせに、陰ではため息ばっかりだった！」

柊のための気遣いでも、虚しく感じるだけだった。家族ですら、彼の前では卵料理を食べない。

「分かるかよ、あんたに。みんなに気を遣わせて、迷惑かけて、それでオレがどんな気持ちになるか。オレは……消えたいっていつも思ってた」

子どもの口から残酷な言葉が飛び出し、ひなこの胸が締め付けられた。

小さな体をぎゅうっと縮める姿は、本当に世界から消えてしまいそうだ。

ため息をつく大人を見て、柊は何を感じただろう。

もしかしたら、自らの母親と照らし合わせていたのかもしれない。

そういうハウスキーパー達を見てきたから、母親も自分のせいで出て行ったなどと結論付けてしまったのだろうか。

「疲れて、嫌になるくらいなら、何もしないでいいのに。何もしないで——ただ側にいてくれれば、それでよかったのに」

柊は母親の温もりに飢えている。

そしてそれ以外に最も求めているのはきっと、誠実さなのだ。

周りに本心を取り繕う大人ばかりいたから、本当の気持ちを求めている。

ひなこは滑り台の下に潜り込み、柊の前に屈んだ。

「柊君のごはんを作るの、みんな大変だったと思うよ。あなたのお母さんも、きっと」

「！」

噛んで含めるように伝えると、柊が膝に埋めていた顔を上げた。

強く握り締めすぎたこぶしに優しく触れる。

「でも、大変と辛いは違う。全然違うの」

傷付いた猫のように揺れる大きな瞳を、真っ直ぐ見つめ返す。彼の瞳は僅かに赤くなっていた。

「柊君がおいしいって食べてくれるだけで、疲れなんか吹き飛んじゃうんだよ。それだけで苦労は苦労じゃなくなる。あなたのお母さんも、絶対そう思ってた」

残さず食べてくれることが、作った人間にとってどれだけ嬉しいことか。なんと言えば彼に伝わるだろう。

柊が顔を俯《うつむ》けた。

「……じゃあ、やっぱりオレがいけなかったんだ。オレ、おいしいなんて言ったことないし、いつもおかずを残しちゃう」

そう、柊はひなこが作ったものもあまり口にしなかった。

嫌われているからだと思っていたが、そういうことじゃないと今なら分かる。

大人びた目をして、少し生意気でぶっきらぼうだが、胸にどうしようもない寂しさを抱えている柊。

思い返してみれば、ひなこの手が入ったものを徹底的に避けていたというわけではなかった。卵を使わないハンバーグや唐揚げは、完食せずとも口を付けていたのだ。

真っ直ぐ彼に向き合ってみて、ようやく分かった。なぜ料理を残すのか。

「柊君。アレルギーになったのは柊君のせいじゃないよ。だから、遠慮しないで言ってほしいな。……嫌いな食べものが、あるんでしょう？」

言い当てると、柊が目を見開いた。

彼が言い出せなかったのは、きっとアレルギーのせいで、ただでさえ迷惑をかけているという負い目があったから。

歴代のハウスキーパーにも我慢して言えずにいたのだろう。きっとひなこの母は、それに気付いた。だから母だけは特別だった。

柊が恐る恐る口を開く。

「俺……さば、とか青魚、苦手」

「うん」

「あと、野菜も苦手。かぼちゃとか、さつまいもとか、甘いの以外好きじゃない」

「うん。じゃあ、今度からは柊君が食べられるように料理するね」

「えっ」

ニッコリ笑うと、柊は驚いて目を瞬《またた》かせた。きょとんとした顔はいつもより幼い。

「遠慮しないでいいとは言ったけど、食べさせないとは言ってないよ。これからどんどん、食べられるものを増やしていこうね」

そう言って手を差し出すと、彼は泣きそうな顔で笑った。

「やっぱり似てるな、有賀さんと」

手の平に置かれた小さな手を、ひなこはぎゅっと握った。

柊に傘を渡し、二人並んで歩き出す。

「……ねえ。柊君にとって私のお母さんは、どんな人だった？」

この家族と、母はどんなふうに接していたのだろう。

柊は懐《なつ》かしそうに目を細めて笑った。

「有賀さんは特別だよ。あの人だけだった。オレがごはん残すとちゃんと怒って、理由を聞いてくれたの。他のハウスキーパーは、気にしなくていいって笑うばっかかだったのに」

気を遣いすぎていたら、乗り越えられない壁がある。

柊にもひなこにも、きっと壁があった。

楓がそれを指摘してくれた。

雪人は家族だと受け入れてくれた。

譲葉は背中を押してくれた。

茜は、ひなこじゃなきゃ駄目だと言ってくれた。

その全てが優しくて、温かかった。

「私ももっと、お母さんみたいになれるよう頑張るね」

「あんたはもう十分……ってゆーかオレ、あんたのこと、なんて呼べばいい？」

「好きなように呼んでいいよ」

そういえば、柊に『あんた』以外で呼ばれたことはなかったかもしれない。いくら父親の再婚相手でも、色んな意味で『お母さん』とは呼びづらいのだろう。

柊は少し顔を赤くした。

「じゃあ、ひなこ」

「なぁに？」

「……ケーキ、落としてごめん」

「――いいよ」

優しく笑いかけると、甘えるのが照れくさいのか彼はますます赤くなった。

霧雨が降る中、黄色と水色の鮮やかな傘が並んで咲いていた。


ちなみにこのあと、家に帰ると床に落ちた蒸しケーキを楓と茜が食べてしまっていたため、ひなこの盛大な雷が落ちた。

しかも二人を叱っている隙に柊が蒸しケーキをつまみ食いし、それに楓が大人げなく競うから、激しい取り合いに発展していく。

柊がおいしいと言ったこと自体は嬉しいが、非常に複雑な気持ちになるのだった。

◇◆◇

晴れ渡った土曜日。

ひなこと柊、そして雪人は、市内の病院に来ていた。

「——数値が、下がっている？」

雪人は驚きの声を上げた。

「はい。柊君の卵アレルギーは、だいぶ改善されていますね」

若い女性の医師が、検査結果を見ながら説明をする。

嫌がる柊を連れてアレルギー検査に来たのが一週間前。

そして今日結果を聞きに来たら、一歳の頃より数値が大幅に下がっていたのだ。

「卵アレルギーは、三歳前後から落ち着きはじめることが多いんです。一概に数値が全てとは言えませんが、少しずつ食べ進めていってみましょう」

アレルギーが改善されているなんて思いもしなかったのだろう、柊はぽかんとしたまま一言も口を利かない。

医師が今後の治療法を説明すると、雪人は不安そうに顔を曇《くも》らせた。

「なんだか、大変そうですね……我々にできるでしょうか」

「私もできる限り協力します。焦らずゆっくりいきましょう」

医師は力強く頷き、柊の頭を撫《な》でる。

声が若干はしゃいでいるのと、目線が雪人を向いているのは、職務怠慢《たいまん》というより彼のフェロモンのせいだろう。激しく共感する。

通院の約束をしてから病室を出ると、雪人が信じられないとばかりに口を開いた。

「ひなこさん。あなたは、これを……？」

アレルギー検査に行くことを提案したのはひなこだった。

以前雪人と電話をした時、一緒にお願いしていたのだ。

でしゃばったことだと思ったが、結果が良好だったため言ってみてよかった。

「話を聞く限り、お母さんが出て行ってから検査を受けてないみたいだったので。赤ちゃんの頃にアレルギー症状があっても、胃や腸が丈夫になるにつれて改善されることもあるって、本で読んだんです」

もちろん油断はできないけれど、医者の言う通り少しずつ食べ進めていけばいい。

今まで避けていたものを食べるのは、きっと怖いはずだから。

ひなこは屈《かが》んで柊と目線を合わせた。

「柊君のペースで、ちょっとずつ食べていこうね。一緒に頑張ろう」

柔らかく微笑むひなこを前に、彼はくしゃりと顔を歪めた。

「ひなこ……ありがとう」

「私じゃなくて、柊君がずっと頑張ってきた成果だよ」

柊が感極まったようにひなこに飛び付いた。

かすかに震えていたので、背中を優しくさする。

こんなにも小さな体にずっと苦しみを抱えていたのだと思うと、ひなこの胸も締め付けられるように痛かった。

病院の片隅、あまり人のいない廊下でしばらく抱き合っていると、体をぐいっと引っ張られた。なぜか不満げな雪人に肩を抱かれている。

「何すんだよ、父さん！」

柊が目元を乱暴に擦《こす》りながら抗議する。

「ずっと順番待ちをしていたのに、柊がいつまでもひなこさんを離さないのが悪い。僕だって、ひなこさんに感謝しているんだ」

「大人げないぞ！」

「僕らは熱々の新婚夫婦だからいいんです。大体、息子とはいえ人の奥さんを呼び捨てにするのはよくないよ」

馬鹿馬鹿しい言い合いが激化していくのに比例し、段々周囲の視線が集まり出す。いくらあまり人がいないとはいえ雪人達の容姿は目立つのだ。

変に注目されない内にと、ひなこは慌てて彼らの間に入った。

「ほら、柊君、トイレは大丈夫？　帰る前に行っといた方がいいんじゃない？」

うまいとりなしとは言えないが、柊は矛《ほこ》を収めてくれた。彼の方が大人だ。

そのままトイレに向かう柊の後ろ姿を見送っていると、雪人は急に真面目な顔付きになって頭を下げた。

「僕は駄目な父親だった。ろくに調べもせず、柊を卵から遠ざければそれでいいと思っていたんだ。ひなこさんのおかげであの子は救われた。本当に、ありがとう」

雪人は不思議な人だ。

子どもみたいなところもあるけれど、やっぱりちゃんと父親なのだと感じる。そこが彼の魅力なのかもしれない。

「ひなこさんに出会えてよかった。あなたがこれからも側で支えてくれるなら、僕はきっといい父親になれる気がする」

「へっ!?　そ、そんな私の方こそ、これからもよろしくお願いします」

「こちらこそ、よろしくお願いします」

ひなこは頬が熱くなるのを感じた。

契約結婚のはずなのに、まるで本当に信頼し合う夫婦のような会話だ。

心の中で契約結婚の四文字を必死に唱え、ひなこはなんとか平静を保った。

「そういえば、雪人さんの一人称って『僕』なんですね。初めて知りました」

一瞬面食らった彼は、困ったとばかりに天を仰いだ。

「……まいったな。ひなこさんの前では仕事モードで、意識的に『私』を使っていたんだけれど。変だったかな？」

心底不安そうな声音に、つい笑ってしまった。

「いえ。その方が、なんだか可愛いと思います」

おかしいかもしれないが、近しく思えてむしろ好ましい。今日の彼は髪を下ろしているので、本当にいつもより若々しく感じる。

微笑んでいると、いつの間にか距離を詰めていた雪人にじっと見下ろされていた。

吸い込まれそうなほど澄んだ黒い瞳がひなこを見つめている。

「あ、あの？」

「ひなこさん、僕は――……」

「父さん!!」

雪人の声に被さるように子どもの怒鳴り声が響く。

振り向けば、柊が剣呑《けんのん》な目付きで仁王立ちしていた。

「柊……色々言いたいことはあるけど病院では静かにね……」

無念そうな雪人の体温が離れ、ひなこは内心ホッとしていた。

視線が熱をはらんでいるように見えたせいか、頬がやけに熱かった。

◇◆◇

ひなこはキッチンに立ち、今日も六人分の朝食を作る。

白菜の浅漬け、豆腐と胡麻《ごま》だれで簡単に作った白和《あ》え。メインは鮭の塩焼きだ。

お味噌汁に具材を落としていると、いつものようにすぐ背後に気配がした。

「おはよう楓君。いちいち驚かそうとしないでね」

「チッ、勘がよくなったな。だが断る。俺、キッチンに立ってる女の後ろ姿に興奮するタイプだから」

「楓君のタイプなんて全く興味ないから」

「おい、義理の息子にもっと興味持てよ」

軽口を叩いていると、スパンと小気味よい音を立てる平手が、楓の後頭部に炸裂《さくれつ》した。炸裂《さくれつ》させたのは朝から爽やかな譲葉だ。

「おはよう、ひなちゃん。楓に変なことされてない？　少しでも嫌だと思ったら、いつでも私を頼っていいからね」

「いってーな、今日は本気で濡れ衣だぞ！」

「それは失礼。でも文句があるなら素行を改めなよ」

二人が言い合っている内に、今度は年少組と雪人が下りてくる。

「……おはよう、ひなこさん。それにゆず姉と楓兄も」

「なんだよ楓兄、またひなこにセクハラしてたのかよ。訴えるぞ」

「僕の奥さんにいい度胸だね、楓」

茜が礼儀正しく挨拶する一方、柊と雪人は楓に喧嘩《けんか》を売っている。

譲葉と茜が朝食の準備を手伝ってくれることがどれだけありがたいか、いつまでも争っている彼らに教えてあげたいところだ。

賑やかに全員集合し、ダイニングテーブルを囲む。

誰一人欠けのない団らんなど、ひなこが引っ越して来てから初めてではないだろうか。嬉しすぎて笑みを堪《こら》えきれない。

「いただきます」

今日の予定や何時頃帰るかなどを話しながら食べ進めていく内に、味噌汁に口を付けた柊が声を上げた。

「ん？　ひなこ、これ……」

「ばれちゃったか。実は今日のお味噌汁、さばが入ってるの」

そう。彼が苦手だとこぼしていた、さばの水煮缶だ。

「さば缶なら食べやすいし、お味噌汁にすればもっと臭みも減るでしょう？」

柊の箸は動かない。失敗だっただろうか。

眉を下げるひなこを見て、彼はお椀《わん》を勇ましく口に運んだ。

「うん、食べられる！」

柊が親指を立てて笑う。

彼は、以前に比べてよく笑うようになった。卵が使われている食品にも少しずつ慣れてきたし、工夫をすれば嫌いなものも頑張って食べる。

家族全員が、そんな柊を温かく見守っていた。

「そういえば、こんなふうに顔を合わせるのって初めてじゃない？」

「確かに。帰ったら全員すぐ部屋に籠もってたから、リビングに常に誰かいるのとか、なんか変な感じするよな」

「特に楓は夜遊びが減って、ちゃんと朝ごはんに参加するようになったよね。一体誰のおかげだろうね？」

「変に勘繰《かんぐ》るなよ。誰っつーか、うまい飯のおかげだろ」

楓と譲葉の軽快な会話に、誰かが笑い声を上げた。

そこからは空気がほどけるように、会話が途切れることなく続いていく。

きっとこれが三嶋家の本来の姿なのだろう。その輪に受け入れられていることを、ひなこは嬉しく思った。

食事を終え、小学校に行く茜と柊を玄関で見送る。

ドアの向こうはよく晴れていて、今日も気持ちのいい一日になりそうだ。

「……ひなこさん、行ってきます」

「行ってきます、ひなこ」

「行ってらっしゃい、茜君、柊君」

笑って手を振ると、柊も笑った。

顔いっぱいの笑顔が、晴れ渡った秋の青空によく似合っていた。

第二話　中間テストとチョコレート

今日の朝食はカリカリに焼いたベーコンと、具だくさんのポテトサラダ。スライストマトにヨーグルト、手作りのりんごジャム。

そこにバターを塗ったマフィンを添えれば、洋風の食卓の完成だ。

最近定番となりつつある全員揃っての朝食の席で、雪人は唐突に提案した。

「せっかく家族が増えたことだし、家族旅行をしようか」

これに対する反応は様々だった。

「オレは別にどっちでもいいや」

「……僕も、本が読めるならどこでも」

柊も茜も大して興味なさそうな返事をする。

譲葉はやや気まずげに口を開いた。

「私は行きたいけど……部活がどうなるかって感じかな」

彼女は言いながら、隣の楓を見る。

彼は食事に夢中で真面目に聞いていなかった。視線に気付いてようやく答える。

「俺はパス。家族旅行って年でもキャラでもねーだろ」

どうやらみんな乗り気ではないようだ。このまま計画倒れになりそうな気配を察し、口を挟めずにいると、雪人と目が合う。目配せを受け、ひなこはハッとした。

彼の意図が読めた。これが以前に言っていた、楓と譲葉に本当のことを打ち明けるための好機なのだ。

ひなこは慌ててフォークを置くと、ニッコリ笑顔を作った。

「わ、私はぜひ行きたいです！　とっても楽しそうだし！」

「そうかぁ？　六人行動って結構大変だと思うぞ」

なんとか兄弟達を説得しようと思った矢先、楓に水を差される。

しょんぼりすると、慰《なぐさ》めるよう肩に手が置かれた。雪人の笑顔が、なぜか悪巧みに満ちて輝いている。

「そうか、みんな行かないのか。じゃあ仕方ない。せっかくだし、ひなこさん。僕らの新婚旅行に変更しようか」

「え……」

全員の動きがぴたりと止まった。

ひなこも一瞬戸惑ったが、これも作戦の内と頷く。

「そ、そうですね。今は紅葉が見頃ですから、紅葉狩りもいいかもしれません」

頬を染めながらも賛同するひなこに、兄弟達は目を剥いた。普段ならば、からかうなと雪人に怒っている場面だ。

雪人も悪乗りをしだし、ひなこの頭に顔を寄せる。

「それはいいね。じゃあ紅葉を眺めながら、ゆっくり温泉に入れる宿でもとろうか。僕は家族風呂のあるところが……」

「おいむっつりスケベ」

楓が性急に話を遮った。

雪人は上品な笑顔のまま反論する。

「スケベにスケベと言われたくないな」

「俺はオープンスケベだ。むっつりほどやばくねー」

「どっちもどっちだから」

低レベルで下品な会話に譲葉がこめかみを押さえた。これが父と兄なのだから、頭が痛くもなるだろう。

「とにかく、やっぱ俺も行くからな」

「オレも！　絶対行く！」

「まぁ私は元々、部活さえなんとかなれば行きたかったし。ね、茜」

「……僕？」

楓、柊が参加を表明し、譲葉も疲れた様子ながら肯定し茜の肩を叩く。急に話を振られた茜は目を瞬《またた》かせている。

「この面子で行ったらひなちゃんが大変なの、目に見えてるでしょう？」

楓、雪人、柊。そしてひなこの順に視線を移すと、茜は深々と頷いて参加の意思を示した。ものすごい憐《あわ》れみの眼差しを向けられたのはなぜだろう。

とにかく、なんとか全員で旅行に行けるようだ。

作戦がはまった雪人は、満足げに頷きつつひなこを見た。

「残念だけど、家族風呂は新婚旅行のお楽しみにしようか」

「雪人さん！」

いい加減演技の続きは必要ないはずだと、咎《とが》めるように名前を呼ぶ。

けれど雪人は怖れるどころか満面の笑みを浮かべていた。

「それ。『雪人さん』って名前で叱られるの、好きだな。新妻って感じで」

「な……何を言ってるんですか！」

ひなこは顔から火が出そうだった。彼の思考回路は、やはりちょっと壊れている。

「というか新妻とか、考え方が楓君と似すぎですっ」

雪人は新婚、新妻、奥さんとよく口にする。楓は幼妻、お義母さん。立場の違いだけで、妖しげな言葉のチョイスは大体一緒だ。

「楓と同じは嫌だなぁ。あなたには僕だけを見てほしいのに」

「雪人さん！　怒りますよ！」

頬を膨らませるひなこを、にやけながら雪人が宥《なだ》める。端から見れば完璧にいちゃつく新婚夫婦だ。

楓がうんざりしたように声を上げた。

「つーか子どもに見せつけるとか、どんな変態だよ。何かのプレイですか？」

「楓君！」

「……」

ひなこが真っ赤になってたしなめると、なぜか驚いたように楓の動きが止まった。

そして口元を押さえながら、正面に座っている父親に顔を寄せる。

「やべー、確かにそそるわ」

「だろう？」

真剣な顔で何を頷き合っているのか。やはり似たもの親子だ。

今は何を言ってもからかわれるだけだと、ひなこは抗議したい気持ちを押し殺した。

話している内にずいぶん時間が経ってしまったようだ。

茜と柊を見送り、譲葉が慌ただしく出て行き、楓をさっさと追い立てる。

ひなこも急いで支度をし、玄関に向かう。

今日は遅い出社らしく、のんびりコーヒーを飲んでいた雪人が見送ってくれた。

「ごめんね、突然旅行の話なんかして。遅刻しなきゃいいんだけど」

「大丈夫ですよ。車で送るとか言い出さないでくださいね」

以前にもそんな申し出をされたことがあったので、あらかじめ断っておく。

こんな美形に高級車で送迎されたら、学院でなんと噂されるか分からない。

「……本当は、年越しに旅行なんてどうかなって、考えていたんだ」

カウントダウンを旅先で過ごすなんて、有賀家の経済力では考えられない。ひなこからすればセレブの発想だ。

――毎年年越しといえば、お母さんと年越しそばを打って。今年は上出来だとか話しながらこたつで特番を見て。年が明けたら、私が作ったおせちを食べて……

もう一生あんな年越しはないのだと、不意に気付く。

暗くなる心を振り切るように、ひなこは努めて笑った。

「なんで、急に予定を早めたんですか？」

ひなこの質問に答えようとせず、雪人はただこちらを見下ろしていた。その瞳の静《せい》謐《ひつ》さに、心の奥を探られている気がして顔が強ばる。

どれだけ楽しく過ごしていても、優しく温かい人達に囲まれていても、埋まらないものはある。これは時間が解決するしかないことで、誰かに癒せるものではない。

だから、雪人に見抜かれようと、ひなこは笑ってみせるしかなかった。

「どうしました、雪人さん？」

彼はやるせないため息をつくと、ひなこの頭をぽんぽんと撫《な》でた。

「……気分転換に、なると思ったんだ。有賀さんの四十九日が終わってから、あなたは少し元気がないようだから」

「——っ」

遠ざかる面影《おもかげ》を思い出しては、母のいない現実に呆然とする。

そのたびにどうしようもなくなって、込み上げる衝動をやり過ごして。そんな姿を見られていたのだろうか。

母の四十九日は、一週間前だった。

納骨の時、母の遺骨が詰まった骨壺を抱えながら、火葬の辛さを思い出していた。

母の体を燃やさないでと、どれだけ叫びたかったか。

灰と骨だけになった母を目の当たりにした時、膝から崩れ落ちるような絶望に打ちのめされた。

……母が突然いなくなったのは、八月半ばのこと。

ジワジワとうるさいほどに蝉《せみ》が鳴く、うだるような暑い日のことだった。

◇◆◇

朝から暑かったので、さっぱりと食べられる山形《やまがた》の郷土料理、『だし』をアレンジしたものを作った。

茄子《なす》やきゅうり、オクラや茗荷《みょうが》を細かく刻んで醤油《しょうゆ》などで混ぜ、ご飯や豆腐にかけて食べる山形のだし。ひなこはそこに角切りにした長いもを入れる。

味付けには醤油《しょうゆ》だけでなく塩昆布も使った。

「うん、おいしい！　やっぱりひなこは天才ね！」

「もう、恥ずかしいからやめてよ」

母・香織の手放しの賛辞は大げさで照れくさいが、褒められればやっぱり嬉しい。

十年以上前に父と死別した香織は現在四十二歳だが、溌剌《はつらつ》とした雰囲気でとても若々しい印象だ。特別整った容姿じゃないが不思議と綺麗に見える。

「お母さん。今日の美容院の予約、何時だっけ？」

「仕事終わりに七時よ。先に夕飯食べててもいいからね。作っといてさえくれれば」

「人使い荒いよねー」

「あんたのごはんが食べたいだけですー。今日は唐揚げに甘酢かけたのがいいなぁ。あれ、すごくおいしかった！」

「注文も多いよねー」

口を尖らせるひなこを見て、母は両手を合わせて「ごめんって」と軽く謝る。とはいえ仕事で家事をしているから、家でしたくないという気持ちも分かる。

「今担当してるお宅は五人家族だから、料理を作るのも単純に肉体労働なのよねー。とにかく量が多くて」

「一度にたくさん作るのって結構難しいよね。味付けもいまいち決まらないし」

「そりゃあんたは基本二人前しか作らないからね。あんなのは慣れよ、慣れ。でもあの家はイケメンばっかりだから、やる気も出ちゃうわよっ」

「そんなのどうでもいいから、今度の同窓会は気合入れていきなよ？　せっかく髪も綺麗にするんだからさ」

食べ終わった二人分の食器を片付けながら言うと、香織はきょとんとした。

「気合？　たくさんおいしいもの食べて、もっとレシピ増やせってこと？」

「いい出会い探しに決まってるでしょ」

ひなこは呆れて振り返った。

母はまだ若いし、十分次の相手を探せるはずなのだ。

同窓会は出会いが多いと聞くので、身なりに無頓着な母に無理やり美容院の予約をさせた。万全の態勢で臨《のぞ》むためだ。

ところが、ひなこの期待を吹き飛ばすように、香織が大笑いをした。

「バッカね、あんたを一人前に育てるのが私の一番の任務なの！　恋愛くらいならともかく、再婚なんて考えてもいません！」

軽くあしらわれたひなこは頬を膨らませた。馬鹿にされているみたいで悔しい。

「大体、そんなのどうでもいいって何よ。担当してるお宅、シングルファザーなんだからね！　イケメンシングルファザー！　これだって十分狙い目だと思わない？」

「高望みだよ。そもそもお母さんが言うイケメンて、あてにならない」

ひなこが首を横に振ると、母は恨めしげに睨む。

「なんでよ」

「こないだのカフェの店員、あんなに大騒ぎしといて普通の人だったじゃん」

あれならうちの『学院一のイケメン』の方がずっと上だ。

「誤解よ、あれは本当に違う人だったの！　もっと格好いい店員さんがいたのよ！

もう、今度絶対リベンジに行くからね！」

「分かった、分かった」

子どものようにむきになる母に笑ってしまった。

普段なら急いで洗いものを始めるところだが、夏休みだからのんびりおしゃべりを楽しむ。学校がないと母を見送ることもできるのだ。

ひなこは、忙しく働く母のために色んなことができる長期休暇が好きだった。

「ひなこは今日何するの？」

「図書館で勉強しようかな、涼しいし」

本当は母の帰りを待っていたいから、あまり予定を入れたくない。

けれど築ウン十年の県営住宅には古いエアコンしかないため、効きが悪く、勉強がはかどるとは言いがたい。仕方がないので図書館に行って少しでも勉強を進めておこうと思ったのだ。

「いいじゃない。そっちこそいい出会いがあるかもよ？」

「勉強が忙しくて、他のことに時間を割く余裕はありません」

母と同じような言い訳を返し、二人で笑い合った。

「じゃあ、行ってくるね」

「行ってらっしゃい」

母を見送り、部屋の掃除や洗濯、朝食の後片付けなど一通りの家事を済ませる。

それから、少し早いが夕食の下ごしらえを始めた。

鶏肉を冷蔵庫から取り出し、適当な大きさのそぎ切りにする。ジッパー付きの袋に水と一緒に入れる。こうしておくとお肉が柔らかくなるのだ。

その間に玉ねぎを薄くスライスし、水にさらす。甘酢と和《あ》えればマリネ風にさっぱりと食べられる。

なんだかんだと文句を言いつつ、ひなこは唐揚げの甘酢かけを作っていた。

作業を終えると着替えて玄関に向かう。

パーカーにショートパンツ、スニーカーというカジュアルな格好は母同様おしゃれではないが、代わりにすぐ外出できる。

バスで二十分くらい揺られると、市立図書館に到着した。

静かな空間で夏休み中の課題をどんどん進めていく。

分からない箇所があればたくさんの蔵書から参考文献を探せるため、図書館というのはとてもはかどる。集中し始めると周りの一切が見えなくなった。

気付いたら一時を回っていて、ひなこは気分転換に外で食事をとることにした。

ロータリーに植えられたブナの木をぐるりと囲む赤レンガに、腰をかける。

夕食の下ごしらえの片手間に作った梅干しのおにぎりにかぶりつく。食べながら、朝の会話をぼんやり思い出していた。

――ちゃんと、お母さんに似合う髪型にしてもらえるといいな。

香織の同窓会を、ひなこは本人以上に楽しみにしていた。

母はいつも再婚なんて考えていないと言うが、もったいないと思っていた。

結婚が全てとは言わないが、ひなこに全力を注いでいたら大事な時間を棒に振ることになる。母は、もっと自分の人生を楽しむべきなのだ。

当日の服も一緒に選ぼうと考えながら、食事を終えたひなこは図書館に戻った。

しばらくすると、さすがに集中力が切れてくる。

食事のあとということもあって、急激に睡魔が襲った。教科書の文字がぼんやりと霞んで見える。

危機感を覚えて顔を上げると、正面に小学生くらいの男の子が座っていた。少し癖のある黒髪に黒ぶち眼鏡の、いかにも真面目そうな少年だ。

驚いたのは、彼が読んでいる本。

山のように積まれた分厚い本のタイトルは、『素粒子と宇宙』とか『航空宇宙工学を学ぶ』、『数学的な宇宙学』など。どれも難しそうなものばかりだ。

ひなこは溜めていた息を勢いよく吐き出し、再び机に向かった。自分も頑張らねばとやる気を取り戻す。

黙々と勉強している内に、また大分時間が経っていた。

薄暗くなり始めたからか、少年はもういない。時計は六時を少し過ぎていた。

香織が帰ってくる前に戻りたかったので、てきぱきと荷物をまとめる。

受付を通りながらスマートフォンの電源を入れると、ちょうど電話が鳴った。ひなこは慌てて外に出る。

電話は知らない番号からだった。恐る恐る耳に当てる。

「もしもし……?」

「あっ……、よかった。ようやく繋がった」

女性の声だった。だが、聞き覚えがない。

「あの、すいません。もしかして、何度もお電話くださったんでしょうか? 私、スマホの電源を切っていて……」

口振りから何度もかけているようだったので思わず謝る。

すると女性は、神妙な声で言った。

「いえ。それより、有賀ひなこさん、ですか? 有賀香織さんの、お嬢さんの」

どうやら母の知り合いらしい。

「……わたくし、城崎中央病院《しろさきちゅうおうびょういん》の、高橋《たかはし》と申します。ひなこさん、落ち着いて聞いてね。実は——……」

暗くなり始める中、未だ鳴き続ける蝉《せみ》の声がうるさい。

ひなこの耳には何もかもが雑音に聞こえた——


病院に着く頃、母は既に冷たく変わり果てていた。

カフェに行く約束をしたばかりなのに。夕飯だってリクエスト通り唐揚げなのに。

楽しげな笑い声や、子どものように拗《す》ねた表情、時おり見せる強く優しい顔が、あとからあとから浮かんでくる。

どれだけ後悔しても足りない。

三十分早く電話に気付いていれば、生きている母に会えたのだろうか。まだ温かい手を握り、頑張ってと励ますことができたのだろうか——

霊安室で、ひなこは母に寄り添っていた。

少しでも体温が戻るようにと、冷えていく手を握り続ける。

あまりに唐突で涙さえ流れなかった。

母がもうこの世にいないなんて、信じられない。

——だって、まだここにいる。

顔と体を覆う布は、取らなかった。

横断歩道を歩いていたところ、信号無視をしたトラックが突っ込んだのだという。トラックの運転手は心臓発作で突然死していたらしく、全くブレーキのかかっていない状態だった。

……母の全身は、目を覆いたくなるほどボロボロだった。

足はおかしな方向にひしゃげ、顔も左側は潰《つぶ》れている。ただ、ひなこが握っている右手だけが無事だった。

右手にはおみやげだったのか、チョコレートの入った紙袋が握られていたのだ。

「チョコなんていいから、自分を守ればよかったのに。本当……抜けてるんだから」

最期の時までのんきすぎる母に笑いが込み上げる。

声が震え、やがて、笑いは涙になる。

「ごめんね……ごめんなさい……」

間に合わなかった。最愛の人の最期に。

今までどれだけ尽くしていたとしても、どれだけ大事に思っていたとしても、もうなんの意味もない。

ぽろぽろこぼれる涙に、ひなこは顔を覆った。

静かに、現実を閉め出すように。

◇◆◇

昼になっても、雪人との会話が頭から離れない。

気遣う彼を『大丈夫』と拒んだ。

あの時、うまく笑えていただろうか。

甘えていいと、彼はきっとそう言いたかったのだろう。

けれど結局、頭を撫《な》でるだけで何も言わなかった。ひなこが言わせなかったのだ。

所詮《しょせん》他人でしかない自分なんかのために、彼は十分すぎるほどよくしてくれている。

居心地のいい家に、優しい家族。これ以上を望むことなどできない。

雪人の悲しそうな顔を思い出し、ひなこは嘆息する。

取り繕うのに必死だったとはいえ、他に言いようはあったかもしれない。罪悪感にチクリと胸が痛む。

「ひなこ、どうしたの？」

目の前で優香が首を傾げている。

ランチを終え、お昼休みをまったり楽しんでいるところだった。

「何が？」

「今日、元気ないじゃん」

ひなこは意味がないことを悟り、貼り付けていた笑みを消した。どんなに隠そうとしても彼女にはすぐ気付かれてしまう。

「ごめん、ちょっと考えごと」

「あー、そうだよね。テストも近いもんね」

「…………え？」

「あーあ。面倒だよね、中間テスト」

ひなこは、急激に現実に引き戻された気がした。

優香の言葉を頭が拒否している。

十月の後半といえば、当然中間テストの時期だ。色々ありすぎてすっかり忘れていた。しかも普段なら予習も復習もかかさないのに、今回は全く何もしていない。

無言で一気に青ざめるひなこを見て、優香は目を見開いた。

「……え、何その反応。まさか勉強してない？」

恐る恐る問いただす彼女に、こちらも恐る恐るこくりと頷いた。

進学校なので、もちろんテストは誰にとっても重要なものだ。

だがひなこにとっては他の生徒と重要度が違った。

「十位以内から落ちれば、特待生じゃいられないかも……」

特待生として学費免除で入学させてもらっている手前、下手な点数は取れない。学院側もいきなり退学とまでは言わないだろうが、確実に評価は下がるはずだ。

普段は努力して努力して十位以内、さらに言えば五位程度を狙っている。今回は十位にも届かないかもしれない。それくらい、勉強していなかった。

「うう、どうしよう」

「私が勉強みようか？　って言っても、正直学力は大差ないしなぁ。むしろ私の方が順位低い時多いくらいだし……」

優香もいつも十位前後をキープしているが、ひなこのような日々の努力などは一切ない。元々のできが違うのだ。

――これはもしや、旅行とか言ってる場合じゃない……？

中間テストまであと一週間ほどなので、その間にどれだけ詰め込めるか。

ひなこは頭を抱えて俯《うつむ》いた。

無事に卒業しないと母に顔向けできない。

勉強が手に付かなかったのはあくまで自分の責任だ。母が死んだことを言い訳にしたくないからこそ、今回はなおさら成績を落としたくなかったのに。

――なんで私はこんなに駄目なんだろう。もっと、もっと頑張らなきゃ……

グルグルと思考が暗く巡り、段々頭痛までしてくる。

ひなこがぎゅっと奥歯を食いしばった時、優香が軽やかに手を叩いた。

「そっか。三嶋楓がいるじゃん」

確かに楓は常に学年トップを独走する頭脳の持ち主だが、今の会話の流れでなぜ彼の名前が出てくるのか。疑問が勝って思わず顔を上げる。

彼女は、名案とばかりに瞳を輝かせていた。

「せっかくバイトで知り合ったんだから、あの男に勉強みてもらおうよ」

「……え?」

ひなこは呆然と目を丸くした。

以前、楓との繋がりについて優香に尋問された時、隠れて始めたハウスキーパーのバイトで偶然知り合ったと話していた。

住み込みだとか契約結婚だとか、彼女の逆鱗《げきりん》に触れそうなことは全て伏せているのに、何かが気に食わないらしく、以来楓と優香は犬猿の仲なのだった。

「――で。なんであんたがうちにいんの？」

楓は、自宅のダイニングテーブルに堂々と座る優香を見下ろしながら呟いた。

それに答える彼女はニッコリ毒しかない笑顔だ。

「中間テストの範囲をひなこに教えてほしいの。お願いっていうか強制ね。ちなみに私は付き添いよ」

「はぁ？　あんたこいつの保護者かよ」

「保護したくなるくらいには色んな噂があるものねぇ、どこかの誰かさんは」

不快げに眉をひそめる楓を、優香は胡乱《うろん》な目で睨む。一触即発の空気になったので、ひなこは慌ててキッチンから出た。

「お、おかえりなさい、楓君！　ごめんね、急に友達連れてきちゃって……」

「そんなのは気にしてねぇけど、こいつだけは嫌だ。さっさと帰ってもらえ」

「何をそんな亭主関白みたいな台詞《せりふ》……」

「亭主？　……ふーん」

指摘に対し、彼はまんざらでもなさそうだ。何が気に入ったのかがよく分からない。

そしてなぜか優香には分かったようで、射殺しそうな目付きで楓を見ていた。

「いいからさっさと教えてあげなさいよ。ひなこにしては珍しくテストのこと忘れてたのよ。いつもお世話になってるんだから、それくらい罰は当たらないでしょう？」

ひなこがハウスキーパーとして雇われていることは承知しているはずなのに、彼女はどこまでも居丈高だ。謎すぎる理論にこちらがハラハラしてしまう。

「ごめんね、つい頼っちゃって。こんなの私の問題だから、自分で解決しなきゃいけないって分かってるんだけど……」

暴走する優香が止められなかった、なんて言い訳にもならない。

ひなこ自身、楓にすがりたい気持ちがあった。

肩を落としていると、彼は乱暴に頭を掻いた。

「あんたの方が変に遠慮してんじゃねぇよ。勉強くらい別にみてやるし」

ぶっきらぼうだが頼もしい言葉に、萎《しお》れていたひなこはすぐさま復活した。

「本当⁉　ごめんね、助かるよ！」

「お、おぉ。……あんたそういうとこ、結構現金だよな」

それから、階下の騒がしさに自室を出てきた年少組も一緒に宿題をすると言い出した。といっても既に宿題を終わらせていた茜は、柊に巻き込まれた形だが。

勉強会が始まった。

しばらくは各自真面目にノートに向き合っていたが、柊がすぐに沈黙を破る。

「なぁ、ひなこ。ここ分かんない」

仲良くなって以来、柊はとても甘えてくるようになった。無邪気な子犬のようでつい構いたくなってしまう。

小学生の範囲なら教えられると学習帳を覗き込むも、楓が厳しい声で制止した。

「あんた、ガキの面倒みてる暇なんてあんのかよ」

「なんだよ、楓兄。邪魔すんなよ」

「お前が邪魔なんだよ。こいつが落第したら責任取れんのか？」

「落第ってなんだよ！　難しい言葉使うな！」

楓と柊の言い合いを止めようとしたひなこだったが、『落第』という言葉に的確に胸を抉《えぐ》られる。計り知れないダメージだ。

そんなひなこに、茜は妙に慈悲深い眼差しを向けていた。

「……僕が、柊の勉強をみるからね。ひなこさん、頑張って」

なぜだろう。二重に傷付く。

しかもひなこの右隣を陣取っている優香は、一連のやり取りも我関せずといった様子だ。未だに言い争う兄弟といい、もう全員が自由すぎて笑うしかなかった。

それでもこの集まりは有意義だったと言わざるを得ない。

「古典の細野《ほその》は文法問題好きだから、この辺出しそうだよな」

「更級日記《さらしなにっき》からの出題も多そうよね。授業でもえらい念入りにやってたし」

「だな。だから範囲の中でもここを集中的にやれば、たぶん七十点はかたい」

「あとここの……」

秀才二人の軽快なやり取りに、ひなこは目を白黒させるしかなかった。普段は仲が悪いわりに会話のテンポも絶妙で、勉強に関しては気が合うようだ。

「頭のいい人達も、ヤマってはるんだね。教科書全部暗記してるのかと思った」

「ヤマっつーか確実に出るけどな」

「丸暗記とか、そんな効率悪いことするわけないじゃん」

サラリと言われ打ち震えていると、優香が怪訝《けげん》そうに目を細めた。

「あんた、まさか……」

「いや、頑張って覚えないと、本当にどこが出るかなんて分からないし」

「要領わる」

楓にまでバッサリ切り捨てられ、ますます落ち込む。

それでもひなこに休む暇はなかった。

「違う。なんでこんなこともできない。あんたホントに学年十位以内常連なのか？」

「か、楓君が厳しすぎて緊張しちゃうんだよ」

「そうよ三嶋楓。ひなこを脅すような言い方しないで」

「優香……」

庇《かば》ってくれたことに感動するも、彼女はそっと肩に手を置いて微笑んだ。

「でも、確かにこれくらいできなきゃ困るのは事実だわ。私と一緒に頑張ろう？」

「…………はい」

優香と楓は、見事なアメとムチでひなこを追い込んだ。

ここからは地獄の日々だった。

朝に勉強、休み時間も勉強。帰っても勉強、食後も勉強と、とにかく勉強漬け。学院に行ったら行ったで、楓の取り巻き軍団の『最近楓君付き合い悪くない？』なんて会話が耳に入り肝を冷やしたりして。

そして、中間テスト前夜。

ひなこと楓は最後の総ざらいをしていた。

雪人も快く協力し、早々に子ども達を連れ自室へ引き上げていた。リビングは現在二人きりだ。

集中して問題を解いていたペン先が、ふいに止まる。

楓が怪訝《けげん》そうに覗き込んだ。

「どうした？」

僅かに躊躇《ちゅうちょ》しつつも、ひなこは隠しきれずに内心を吐露《とろ》した。

「私……不安で。こんなにみんなによくしてもらったのに」

贅沢な悩みだと分かっているが、協力してもらえばもらうほどプレッシャーがかかる。感謝しているからこそ、今までで一番いい点数を取りたいと思ってしまう。

「なんだ。そんなことか」

深刻に打ち明けたつもりが、彼は拍子抜けしたように肩の力を抜いた。さすがにその反応は冷たすぎるのではと、つい恨みがましい視線を送らずにいられない。

「そんなことって……」

「また、有賀さんのこと考えてんのかと思ったから」

柔らかく細められた瞳にはどこか安堵の色が浮かんでいて、不意を突かれたひなこは文句を呑み込んだ。

楓はまた、と言った。

雪人や優香にも元気がないと指摘されたが、彼にも気付かれていたのだろうか。そうでなければ意地悪な彼にしては珍しい、気遣いに満ちた眼差しの説明がつかない。

ひなこは顔が熱くなるのを感じた。分かりやすく落ち込んでいたなんて、なんだか子どもっぽくて恥ずかしい。

気まずく黙り込んでいると、楓もどこか照れくさそうに頭を掻いた。

「まぁ……テストぐらいどうとでもなる。そんなに心配しなくてもあんたは努力したしな。楽しい気持ちで旅行、行くんだろ？　だから頑張ったんだろ？」

ひなこは目を瞬《またた》かせた。

旅行の日程は中間テストの結果が出たすぐあとに決定しているが、ほとんど頭になかった。ひどい点数を取ってしまえば楽しめないに違いないが、そのために頑張ったつもりはない。

――あ。もしかして、私が旅行に乗り気だったから……？

楓と譲葉に真相を打ち明けるため、という下心満載で賛成しただけで、ものすごく行きたかったわけではない。偽《いつわ》りの契約でこの家に置いてもらっている身分なのに、そんな我《わ》が儘《まま》が許されるなんて思ってもいなかった。

――だから楓君は、勉強をみてくれてたの？　私が楽しみにしてると思って。

ひなこは胸がきゅっとなるのを感じた。

でも決して不快なものじゃなく、切なくなるような温かい痛み。

彼の優しさはなんて分かりづらいのだろう。

ひなこはろくにお礼も言っていなかった。家庭教師の役を強引に押し付けたみたいで、ひたすら謝ってばかりだった。

「……ずっと勉強みてくれてありがとう、楓君。なんか、自信出てきたよ」

ニッコリ笑って感謝を告げると、楓は一瞬驚いたように動きを止め、ふいと目を逸らした。

「よし！　もうちょっと頑張るね！」

やる気に満ちて教科書に向き直るひなこは、彼の耳が少し赤くなっていることに気付かなかった。

◇◆◇

御園学院では、成績上位三十名までが掲示板に発表される。

貼り出された順位表を、ひなこは緊張の面持ちで見つめていた。

手応えはあった。

総合点は前回よりほんの少しだけ下がったが、今回のテストは全体的に難しく、どの教科も平均点が低めだった。だから順位も悪くない、はずだ。

「大丈夫よ。点数そんなに悪くなかったんでしょ？」

「そう、だけど。上位の人達は、今までと同じような点を取れてるかもしれないし」

「あー……」

「お願い優香、そこは否定して。せめて今だけでも」

納得されるとますます怖くなってしまう。祈るように胸の前で手を組むひなこの隣で、優香は全くいつもの調子だ。

下位の方から順に目を通していき、ついに成績上位者にたどり着く。

ひなこの名前は——あった。

「四位！　けど……」

四位なんて、入学以来最高の順位だ。大躍進と言ってもいい。

だがひなこは素直に喜ぶより先に、やたらと渋い顔をしてしまった。

四位　有賀ひなこ

三位　栗原優香

「………優香さん？」

そういえば、彼女の総合点を聞いていなかった。

生温い顔で順位表を見ている優香は、決して視線を合わせようとしない。なぜ猛勉強したひなこより大きく順位を上げているのか。

「ホラ、普段はしない勉強を、今回はあんたに付き合って頑張ったじゃん？」

「……」

「いや、三嶋楓って教えるの上手いよね。一緒になって聞いてたら私まで覚えちゃった。そこだけは認めていい、かな？」

「……」

「えーと……ごめんなさい」

恨みがましい目付きをしていたひなこだったが、すぐにケロリと笑った。

「ごめん、冗談。優香が謝ることないよ。ちょっと悔しいけど本当は安心してるの。私の勉強みてたせいで、二人の成績が落ちちゃったらどうしようって思ってたから」

素地がいいからそれほど心配はしていなかったが、それでも万一ということはあり得る。正直、安堵の方がずっと強い。

順位表の一番端、学年一位の欄にはいつも通り『三嶋楓』の名前。

それを見て楓が、というか彼の取り巻きが輪になって騒いでいる。

「キャー、やっぱ楓ってスゴーい」

「今度うちらにも勉強教えてよ」

きゃっきゃと華やいだ声が上がる中、楓は涼しい顔をしている。その視線が、一瞬ひなこを捉えてすぐに逸らされた。

「やだよ。覚える気ない奴に教えたって時間の無駄。……そうだな、学年十位以内に入る自信があるって言うなら考えてやるよ」

「何それ無理なんだけどー」

輪になった集団が遠ざかっていくのを見つめ、ひなこはポツリと呟いた。

「なんか楓君、やけにご機嫌だね」

普段の彼なら取り巻き軍団を軽くあしらっているのに、受け答えが成立していた。

それどころか笑顔さえ見せていたような。

首をひねるひなこの横で、優香が肩をすくめた。

「嬉しかったんじゃない？　教え子が無事五位以内に入って」

「あぁ、なるほど」

お礼に、今日の夕食は楓の好物にしようと思った。

帰宅し、いい成績だったことを報告すると、柊と茜はとても喜んでくれた。

特に茜は、自分のことのようにホッとしているようだった。

ずいぶん周囲に心配されていたのだと、改めて実感する。こんなにたくさんの人が喜んでくれるなら、頑張ってよかったと思う。

テスト期間が終わった譲葉は、また部活に明け暮れている。帰りが遅くなることは分かっていたので彼女と雪人にはメールで報告した。

「ただいま」

夕食の準備を始めたところで楓が帰ってきた。ひなこはパタパタとスリッパの音を立てながら玄関へ向かう。

「楓君おかえりなさい。今日も早いんだね」

「悪いかよ」

「悪くないけど、びっくりしちゃって」

テスト期間中はひなこに付き合って直帰していたが、楓は元々遊び歩いているタイプだ。用事もないのに毎日早く帰ってくるなんて珍しい。

「あんたの勉強みてたら、早く帰るのが癖になっちまった」

ふてくされている楓がやけに幼く感じて、ひなこはこっそり笑った。

「楓君、勉強みてくれて本当にありがとう。おかげで無事にいい点数を取れました。四位なんて、初めてだよ」

フローリングの廊下で深々と頭を下げる。

楓も立ち止まる気配がして、足音がゆっくり近付いてきた。

そっと肩を押され、背中に壁が当たる。

「じゃあ、ご褒美《ほうび》は？」

「へ？」

「せっかくだし何かもらおうかと」

楓が舌なめずりをする獣のように、挑発的に笑う。

ひなこは冷めた眼差しを送りながら、間近にある顔をぞんざいに押しのけた。

「楓君。今日は白米とお味噌汁と漬物だけに決定」

「はぁ⁉　なんでだよ！」

「あーあ、せっかく赤魚の煮付けを作る予定なのになー」

「冗談じゃねーか。そんなに怒ることねぇだろ」

煮付けは、意外とさっぱりした料理を好む彼の好物だ。

「おい、悪かったって」

素っ気なく廊下を引き返すひなこを、楓の焦った声が追ってくる。

不覚にも少し赤くなってしまった頬を見られないよう、ひなこは足を速めた。


雪人が帰ってきたのは、十時を少し回った頃だった。

彼は休暇をもぎ取るために前倒しで仕事をしており、最近残業が増えている。

疲れた様子に胸が痛かった。旅行のために、ずいぶん無理をさせている。

「おかえりなさい」

「ただいま」

かばんを預かり歩き出すと、後ろからエプロンの結び目を引っ張られた。

見れば、楽しそうに微笑む雪人はまだ靴も脱いでいない。

不思議に思うひなこに、彼は隠していた右手を差し出した。

小さな紙袋が二人の間で揺れる。袋の刻印はひなこですら知っている、有名なチョコレート専門店のものだ。

事態を呑み込めずにきょとんとするひなこを見て、雪人は小さく笑った。

「よかったら、もらってくれる？」

「え？」

手渡されたチョコレートは、家族用にしては小さすぎる。

困惑していると、頭に柔らかく手を置かれた。

ひなこを見つめる彼の瞳はどこまでも優しい。

「四位、おめでとう。たくさん頑張った甲斐があったね」

「え……」

「あなたのことだから、自分のためのお祝いなんてやらないだろうと思って、帰りに買ってきたんだ。みんなには内緒だよ」

楽しそうに笑う雪人に、ひなこは目を見開いた。

確かに今日の夕食は全て楓の好物だ。

というか、自分で自分を祝おうなんて発想には至らなかった。そもそも、無事テストを乗り越えられたというだけのこと。

それでも、嬉しかった。

忙しいにもかかわらず、ひなこのためにわざわざ寄り道をしてチョコレートを買ってきてくれた、その気持ちが。

不意に、事故に遭った時、母が持っていたチョコレートを思い出した。

当時は悲しいばかりだったけれど、あれは紛れもなく愛情と思いやりが籠められたものだった。今ここにある、チョコレートのように。

胸に広がっていく温もりと、かすかな痛み。

それを隠すようにしてひなこは笑った。

「ありがとうございます。……大切に、食べますね」

雪人は、どこか途方に暮れたような顔でひなこを見下ろしていた。

所在なげに、そんな自分自身に戸惑っているかのように。

「あなたは誰にでも優しさを惜しまないのに、自分のこととなるとひどく不器用だから……だからこんなに気になって、甘やかしてあげたくなるのかな」

「はい？」

あまりに小さな呟きが聞き取れず問い返そうにも、彼は次の瞬間にはいたずらっぽく笑っていた。

そのまま、いつもよりやや強引にひなこの肩を引き寄せる。

「お疲れさま、よく頑張ったね。さすが僕の可愛い奥さん」

耳元で響く美声に思わず体が揺れた。

雪人は硬直するひなこを置き去りにして、何ごともなかったかのようにリビングへと歩き出している。

「……ゆ、雪人さん！」

我に返って呼び止めると、彼は笑い声を上げながら振り返った。

「元気が出たようで何よりだよ」

してやったりと言わんばかりの、子どものような笑顔。

ひなこは真っ赤になって立ち尽くした。

ただからかったわけじゃないなら、これ以上怒れないではないか。

一枚も二枚も上手な仮初《かりそ》めの旦那様には、なかなか太刀打ちできそうにない。

第三話　家族旅行と名古屋飯

なぜ旅行先が名古屋《なごや》に決まったのかというと、理由は色々ある。

ひなこはおいしいものが食べられるならどこでもよかったが、一泊二日の旅行になるから移動時間を考えるとどうしても近場になる。

そこに柊と楓が、せっかくなら遠くに行きたいと不満を漏らし始めたのだ。

彼らが断固として譲らないため、永遠に意見がまとまらないのではと思えたが、意外にも茜が決定打を放った。

「すまないが、今回は名古屋で我慢してくれないか？　あそこは食べものがおいしいだけじゃないぞ。コアラがいる動物園に、シャチがいる水族館もあるんだぞ」

不平不満を宥《なだ》める雪人の言葉。

けれどこれに反応したのは楓や柊ではなかった。

一応話の輪には入っていたものの全く意見を口にしなかった茜が、目をキラキラと輝かせ、頬を上気させて呟いたのだ。

「僕……シャチが見たい」

――この一言で、家族は一丸となったのである。

◇◆◇

雪人が運転するレンタルワゴンの中で、三嶋家の兄弟は思い思いに過ごしていた。

早朝の出発だったので柊と茜は最後部の座席で眠っている。

譲葉はヘッドフォンで音楽を聞き、楓はずっとスマートフォンをいじっている。

ひなこは助手席で、運転する雪人を横目に眺めた。

彼はデニムのシャツにオフホワイトのニットセーターを重ね、キャメル色のパンツを穿《は》いている。足元はキャンバス地のスリッポンと、とてもカジュアルな格好だ。

休日も忙しく働いているため、雪人のスーツ以外の姿は珍しい。

落ち着いていながらこなれ感があって、おしゃれだと思う。髪もまとめていないから二十代前半と言われても違和感がなかった。

改めて格好いい人だなと惚れ惚れしていると、雪人が小さく笑った。

「そんなに見つめられると恥ずかしいよ」

「す、すみません」

「ひなこさんが可愛くて運転に集中できなくなりそうだから、程々でお願いします」

「な、もう、雪人さん！」

怒って、慌てて口を塞ぐ。年少組は寝ているのだ。

「あの、長時間の運転、大丈夫ですか？　朝も早かったし眠いんじゃ」

「眠くはないけど、小腹が空いてきたかな。どこかサービスエリアに寄って、おにぎりでも買おうか」

お昼前には到着する予定なので、軽めの食事で済ませたいのだろう。せっかくならお腹を空かせて行って、お昼から名古屋名物をたくさん食べたい。

ひなこも同じ考えだったため、事前に準備していたものをバッグから取り出した。

「じゃん。そんなこともあろうかと、おにぎり作ってきちゃいました」

みんなで車の中で食べられるよう、出発前に作っておいたのだ。

具は定番の明太子や昆布から、刻んだたくあんとおかかをマヨネーズで和《あ》えた変わり種もある。まぜご飯系は白ごまと鮭と野沢菜のものが一種、めんつゆに浸した天かすと大葉のものが一種だ。

いそいそと取り出していると、雪人はなぜか肩を震わせ笑いを堪《こら》えていた。

「『じゃん』って……ひなこさん、可愛すぎるでしょう」

「え？　あ……ご、ごめんなさい。私、浮かれすぎてますね」

修学旅行以外の経験がなかったため、ひなこはずっと今回の旅行を楽しみにしていたのだ。実は昨日もあまり眠れていない。

とはいえ少し落ち着いた方がいいと謝るひなこに、雪人は優しく微笑んだ。

「怒ってないよ。本当に可愛い人だなと思っただけ」

「……雪人さん、からかわないでください」

懲りずにからかう雪人をたしなめる。

最近ようやく気付いたが、彼は結構意地悪だ。

甘い戯《たわむ》れを仕掛けてひなこをからかっている節がある。楓といい、親子揃って質《たち》が悪い。

「それにしても嬉しいな。朝早かったのに、おにぎりを作ってくれていたんだね」

「いえ。気遣いというか、名古屋のごはんが楽しみすぎるだけなんです。できれば味を覚えて家でも作りたいなって」

「じゃあ八丁味噌《はっちょうみそ》を買わないといけないね」

「スーパーに売ってますかね？」

「みやげ屋にもありそうな気がするけど」

確かに雪人の言う通りかもしれない。

けれどひなこは観光しつつ、地元のスーパーにも行きたいと密かに思っていた。その土地ならではの食べものや、独特の食べ方を探すのはきっと面白いだろう。時間が空いた時はぜひ行ってみたい。

「私、名古屋って初めてです。食べものがおいしいんですよね」

「手羽先、味噌煮込みうどん、ひつまぶし、きしめん……色々食べたいけど一泊しかできないから、よく考えないとね」

「ホテルの朝食バイキングも楽しみですね。おいしいって評判のところですし」

和食と洋食が楽しめるビュッフェ形式の朝食で、オムレツなどの卵料理はシェフが目の前で調理してくれるそうだ。

「もちろん部屋割りは、子ども達と僕達、でいいよね？」

「全くよろしくないですし、ちゃんと三部屋予約してくださったの知ってますし」

雪人が予約したのは、名古屋で一、二を争う有名な高級ホテルだった。

宿泊客なら無料で利用できるリゾート施設もあるらしいが、おそらく行くことはないだろう。そんな暇があればひなこは食を優先する。

ニコニコしながら期待を膨らませていると、隣で雪人が笑う気配がした。

「それにしても、ひなこさん、さっきから食べもののことばかりだね」

指摘されてようやく、名古屋城などの有名な観光地があるというのに、食に走りすぎていたことに気付く。人としてというより、これは女子としてどうなのだろう。どこに出しても恥ずかしい嫁になっている。

「ご、ごめんなさい……」

「なんで謝るの？　そんなあなたが可愛いのに」

ひなこが軽口をたしなめる前に、雪人は続けて口を開いた。

「それに、ひなこさんがごはんのことを考えているのは、料理が好きだからでしょう？　いつか僕ら家族に振る舞ってくれるだろうから、すごく嬉しいし楽しみだよ」

雪人が本当に嬉しそうに微笑むから、ひなこは何も言えなくなってしまった。

「そろそろおにぎりが食べたいな。大葉と天かすのやつ」

「はい」

「手が離せないから食べさせてくれる？」

「――はぃい？」

保冷バッグを漁《あさ》る手が、思わず止まった。

顔がじわじわ熱くなるが、言い返そうにも反論が出てこない。

高速道路は信号機がないため、停車するタイミングがないのだ。片手を離しての運転は推奨できないし。

ひなこは唇を引き結んでしばらく考え込んだのち、ゆっくりおにぎりのラップを外していく。緊張で震えそうになるのを堪《こら》え、雪人の口元に運んだ。

「ゆ、雪人さん、どうぞ」

「あーんって、言ってくれないの？」

羞恥心でクラクラしてきた。

ただでさえ意識してしまっているのに、さらに『あーん』の強要。ひなこの許容量をとっくにオーバーしている。

「さ、さすがにそれは、からかいすぎです」

「お願い。頑張って運転してるご褒美《ほうび》だと思って、ね？」

「雪人さん……」

今日の彼はいつもより意地悪な気がする。その上、ひどく甘い。

色気をたたえた楽しそうな笑みに、ひなこの心臓は鳴りっぱなしだ。

覚悟を決めて涙がにじむ瞳をつむった時、おにぎりを持つ手を乱暴に引かれた。

「っ⁉」

後ろのシートの楓が、ひなこの手首を掴んでいた。

彼はそのままおにぎりにかぶりつく。大きな一口で指まで食べられそうだ。

「エロオヤジに振り回されてんじゃねーよ」

「で、でも、手が離せないのは事実だし……」

「どっかサービスエリアに寄りゃ済むことだろ。全部あんたをからかっただけ」

その手があったか。

雪人を見れば申し訳なさそうに、けれどどこか笑いを堪《こら》えるようにしていた。

動揺してすっかり頭が回っていなかった自分が恥ずかしい。

「――どうしても今食べたいって言うなら、私が食べさせてあげようか、お父様？」

譲葉がいつの間にかヘッドフォンを外し、父親に絶対零度の笑みを送っていた。一連の会話を全て聞かれていたのかと思うと非常に居たたまれない。

「いや、危ないし、やっぱりやめておくよ」

「どうぞ遠慮なさらずに」

譲葉は楓から受け取ったおにぎりを、雪人の頬にぐいぐい押し付けている。

上品な言葉遣いが逆に恐ろしく、運転中で危ないからとひなこが止めに入らなければ本気で口に詰めていたかもしれない。

「すみません。やりすぎました」

娘にも叱られ、雪人は殊勝な態度をみせる。

「ひなこさんと旅行なんて嬉しくて、舞い上がっていたんだ」

「……な」

「あ、可愛い反応」

雪人が、赤くなるひなこを横目で見ながら笑う。

この人全然反省してない。三人の心の声が一致した。

途中からは元気な柊も起き出し、実に賑やかな道中になったのだった。


コインロッカーに荷物を置いて名古屋の街に繰り出した。まずは腹ごしらえだ。

名古屋駅周辺は賑わっていた。

芸能人のようにおしゃれな人が多く、地味なひなこは気後れしてしまう。三嶋家の面々といるからなおさらだった。

雪人と楓はもちろん、譲葉まで道行く女性の視線をさらっている。中性的な格好をしているため女性だと気付かれにくいのかもしれない。色素の薄い柊も、よく見れば茜も整った顔立ちをしているのだ。

道行く人は男女問わず足を止めて美形集団を眺めている。

あまりの目立ちぶりにひなこの場違い感がすごい。早く店に入りたかった。

駅の近くに味噌煮込みうどんが評判の店と、味噌カツがおいしい店がある。どちらに行くか話し合った結果、味噌煮込みうどんの店に向かっていた。

生卵がのっているようだが、お店に頼めばなんとかなるだろう。もちろん柊も本場の味を楽しみにしている。

人気店なので混雑しており、五分ほど待ってから席へ通された。おいしいもののためなら、この並ぶ時間さえワクワクするから不思議だ。

早速メニューを受け取ると、ひなこは瞳を輝かせた。

「鶏肉入りの親子味噌煮込みもあるんだ。あ、名古屋コーチン入りも秋のきのこ入りもおいしそう。モツ入りのスタミナも……いやいや。初心者なんだから、まずはやっぱり定番から攻めないとだよね」

周りがやけに静まり返っていることに気付いて顔を上げると、全員の視線が集中していた。真剣に悩みすぎて声に出していたらしい。

真っ赤になってメニューで顔を隠したが、みんなに笑われてしまった。

迷った末、シンプルな味噌煮込みうどんを注文する。

運ばれてきた土鍋のうどんはグツグツと音を立てていて、まろやかな味噌の香りと併せて食欲をそそった。中心に浮かぶ生卵には、端から徐々に火が通っていく。

「いただきます」

熱い内にと勧められ、遠慮しつつも箸を取った。

卵をつつくと鮮やかな黄身がトロリと溢れだす。我慢できなくなり、麺をからませ思いきりすすってみる。もう絶品だった。

「こんな……こんなにもコシが強いなんて」

「感動すんのはいいけど、早く食わねぇと伸びるぞ」

口内に広がっていく幸せに打ち震えるひなこを急かしたのは、同じくシンプルな味噌煮込みうどんを食べる楓だった。

譲葉が頼んだモツ入りがあとからやって来たので、少し分け合ってみる。

ニンニクとニラが入っているため一味も二味も違い、これもまたおいしかった。

食べながらこれからの予定を話し合う。

「食べ足りないから、味噌カツ屋にも行ってみたいなぁ」

譲葉の呟きにひなこは顔を上げた。

「え、まだ食べられるの？」

「カツくらいなら入るよ。丼になってても食べられるけど」

サラリと笑う譲葉は、あくまで王子様のように爽やかだ。

てしまう。

元々健啖家《けんたんか》であることは知っているが、これだけ食べてなぜ太らないのかと感心し

「じゃあ味噌カツも食べに行こう。それでも時間があるし、どこか観光でもする？」

「やっぱり定番は押さえときたいな」

「となると、名古屋城かな？」

「明日のメインは名古屋港水族館《なごやこうすいぞくかん》だろ？　だったら、今日行けるもんは行っといた方がいいだろうな」

雪人と楓の間でとんとん話がまとまって、午後は名古屋城観光に決まりそうだ。

ひなこを含む他四名は、熱々うどんに夢中だった。

柊もおいしそうにしていて安心する。気を遣って、今まであまり外食をしたことがなかったらしい。

今回の旅行、家族が増えた記念とか、楓と譲葉に本当のことを話すためとか雪人は色々言っていたが、柊に外食を楽しんでほしいという思惑もあったのではと思う。

味噌煮込みうどんを綺麗に完食し、味噌カツ屋に赴《おもむ》く。

ひなこは満腹だったが、串になっているものをほとんど意地で一本だけ食べた。

楓と譲葉は手の平より大きな味噌カツのランチセットをペロリと平らげ、ようやく満足したようだ。

少しの食休みをしてから、店を出て地下鉄に向かう。

「乗り換えがあるから、子ども達は注意しようね」

ホームで茜と柊の手をしっかりと握る雪人は、どこか嬉しそうだ。

忙しくて家族と触れ合う時間をなかなか作れていなかったから、案外誰より旅行を楽しみにしていたのかもしれない。

電車を乗り継ぎ、名古屋城までの道のりをのんびり散策した。

段々、青空に映える白い城壁が見えてくる。孔雀石《くじゃくいし》色の屋根瓦の上でキラキラ陽光を弾く一対の鯱《しゃちほこ》を見ると、名古屋に来たのだと改めて実感する。

「スゴい立派ですね！　大きいお城！」

ひなこが興奮ぎみに言うと、雪人も楽しそうに笑った。

天守閣《てんしゅかく》には色々な展示物があるらしいが、まず最上階に行こうという話になった。

案内板を見た雪人は思案顔になる。

「五階まではエレベーターがあるみたいだけど、乗って行こうか？」

天守閣《てんしゅかく》は七階まである。雪人は子ども達の体力に配慮したのだろうが、反対したのは最年少の柊だった。

「やだよ！　せっかく来たんだから、昔の人と同じ階段をちゃんと上ろうぜ！」

昭和に一度焼失しているわけだから同じ階段ではないのだが、絶対階段がいいと主張する柊に大人達は反論できなかった。

ひなこは、若干青ざめた茜を見下ろす。

「えっと……大丈夫？」

聞いてみたことはないが、いかにもインドア派な茜は体力がないかもしれない。

「……大丈夫……だと思う」

「なんだったら、二手に分かれてもいいいんじゃないかな？　エレベーターがいいなら私も付き合うよ」

回避策を提案するも、茜はぷるぷると首を振った。

「頑張る。……柊がやるなら、僕もやる」

黒ぶち眼鏡の奥に固い決意がみなぎっている。どうやら弟には負けたくないらしい。

結局全員で階段を上った。

五階までは螺旋《らせん》階段になっていて、上りと下りに分かれているためとても歩きやすい。ひなこは階下に視線をやり、茜を振り返った。

「茜君。下、綺麗だよ」

息を切らした茜が、手摺《てすり》に掴まりながら下を見る。

自分の足で上ったからか、螺旋《らせん》階段がどこまでも続く光景は美しく映った。

手摺《てすり》の向こうを見下ろす茜は、表情にこそ表れていないが感動しているようだ。

「頑張ってよかったね」

笑いかけると茜は珍しく、ほんの少しだけ頬を緩めた。ろうそくの炎にも似た、じんわりと胸に染み入るような笑顔だ。

上階になると、城特有の狭くて急な階段に変わった。楓を先頭に、年少組を挟んでひなこは最後尾につく。

すぐ前を歩いていた雪人が、スッと手を差し出した。

「危ないから」

「そ、それは、子ども達にしてあげればいいのでは」

ごく自然なエスコートにひなこは戸惑った。

さすがに人目も多いし、体裁を考えるとまずいのではないだろうか。

ひなこは平均より背が低いため、どう頑張っても十代にしか見えない。手を繋ぐ姿を誰かに見られれば、彼の社会的地位を脅かしてしまうかもしれない。

俯《うつむ》くひなこの手を、雪人が半ば強引に引き寄せた。

「ゆ、雪人さん⁉」

「あなたは何も気にしないで。旅先だし、きっと大丈夫だよ」

いたずらっぽく笑って、振りほどこうとするひなこに構わず進んでしまう。

顔が熱くなるのを抑えられない。異性と手を繋ぐ、なんて初めての経験だ。

ひなこのことなど意識すらしていないだろうが、彼の印象がいつもより若々しいからか、それとも距離が近いからか、鼓動がやけに早い。

——な、なんか、本当に恋人みたい……

恋人というか疑似夫婦なのだが、実感は薄かった。たまにからかわれたり意地悪をされたりするくらいで、楓達とほとんど扱いが変わらなかったから。

——雪人さんて、私のことどう思ってるんだろう。

頼りになる広い背中を見つめていると、彼にどう思われているのか途端に気になりだした。母が死んだばかりで余裕がなく、今までは契約結婚について深く考えることもなかった。

彼を好きな人からすれば、ひなこは間違いなく邪魔者だろう。そして雪人に恋人ができたら、三嶋家にとっても邪魔になる。

——雪人さんは、本当に恋人とかいないのかな？　私が邪魔じゃないのかな？　家族にしてくれたこと、後悔してないのかな……？

雪人にとってひなこは、傷付き弱っていた可哀想な子どもに過ぎないのだろうか。それとも、とても信頼していたハウスキーパーの娘？

考えれば考えるほど分からなくなる。

ひなこは無意識に、繋いだ手に力を込めていたらしい。

雪人は振り返ってにこりと笑うと、同じくらいの強さで握り返してくれた。その力強さと温もりに安心する。

——この人に、とても守られている。

考えている内に階段が終わり、展望台を目指す。

やがて開けた場所に出ると、陽光の眩《まぶ》しさを感じた。

「結構高いんですね！　気持ちいいです！」

天守閣《てんしゅかく》の最上階には絶景が広がっていた。

地上から五十メートルくらいありそうで、たくさんの紅葉に囲まれた城の向こうには高いビルが見える。

繋いだままの手が気になり、ひなこは気を紛らわせようと無難な話を振った。

「確か、徳川家康《とくがわいえやす》が建てた城ですよね」

「そうだね。江戸幕府《えどばくふ》を開いた家康が、豊臣《とよとみ》方を監視、牽制《けんせい》するために建てたと言われているね。初代城主は家康の九男だったかな。確か石垣のどこかに、加藤清正《かとうきよまさ》が運んだという伝承から『清正石』と呼ばれる巨石があるらしいけど、実際は黒田長政《くろだながまさ》の指揮のもと積まれたものと言われているね」

雪人からは驚くほどスラスラと説明が出てくる。

「さすが、御園学院出身ですね」

「一応ずっと首席だったからね」

「そうなんですか！」

御園学院で学年トップを維持し続けるなんて凄《すさ》まじい。しかも楓も父親と同じルートをたどっているのだから、恐ろしい親子だ。

颪に乗って、はしゃぐ楓と柊を注意する譲葉の声が聞こえてきた。首を巡らせると、マイペースに景色を眺めているが茜もちゃんと側にいる。

「……やっぱり、兄弟は一緒が一番だね」

同じように兄弟達を眺めていた雪人の声音が、ひどく優しく響く。

「あの子達を引き離さずに済んで、本当によかった」

愛情に満ちた言葉に、ひなこは目を見開いた。

楓と譲葉と茜。この三人は前妻の連れ子で、雪人の実子ではないと聞いている。ひなこは失礼ながら、前妻に体《てい》よく押し付けられたのだろうと想像していた。

――けど違う。この人はただ、底抜けに優しいんだ……

雪人の本心を知り、温かい感情が胸に広がっていく。

ほとんど成り行きだったけれど、彼らと家族になれてよかった。

あの時感じた突き動かされるような衝動は、きっとこのためだったに違いない。

「あの、それはそれとして雪人さん。……手を、そろそろ離していただけると、ありがたいんですが」

彼の思惑通りに音を上げるのは癪《しゃく》だが、平静を装うのももう限界だ。

やはりからかっていたようで、雪人は楽しそうに笑った。

「みんな景色に夢中だよ」

「そういう問題じゃありません」

「本当にな」

突然会話に交じった声に振り向くと、楓がいた。

しかも譲葉達も揃っていて、彼らの視線は繋いだ手に注がれている。

ひなこが真っ赤になって振りほどくと、雪人は残念そうに眉を下げた。

その後、売店や展示物を見て回ってから名古屋城を出ると、ひなこ達はロッカーの荷物を回収し、ホテルでチェックインを済ませる。

部屋割りはひなこと譲葉、楓と柊、茜と雪人となっている。

ひなこに気を遣ってファミリールームを選択しなかったというのもあるが、柊が保護者との同室を嫌がったためだ。大人ぶりたい年頃らしい。

一旦部屋ごとに別れ、夕食の時間に合わせてまた集合することになった。それまでは部屋でゆっくりするもホテル内を探険するも、はたまた外出するのだって自由だ。

広々とした室内に足を踏み入れると、大きな窓から名古屋の街並みを一望できる。

「譲葉ちゃん、綺麗だね！」

彼女の呼称は、今は『譲葉ちゃん』に落ち着いている。

窓辺へと駆けるひなこに、荷物を置いた譲葉が笑いながら歩み寄った。

「やっぱりこれだけ高いと見晴らしもいいね。夜になればもっと素敵だろうし」

「本当に。こんなにいいお部屋じゃ、私にはもったいないくらいだよ」

高級ホテルの最上階に近いのだから、宿泊費が気にならないと言えば嘘になる。

けれどこの旅行の費用は雇用主である自分に任せてほしいと、雪人に言われていた。

社員旅行と思ってくれればいいと。

社員旅行だっていくらかの費用負担は当然だと主張したのだが、彼は頑として受け取ってくれなかった。

突然雇用主の顔をしたり、父親らしくなったり、恋人のようなことをしてみたり。

雪人は本当に掴みどころのない人だ。

連鎖的に先ほど手を繋いだことまで思い出してしまって、ひなこは慌てて首を振った。

隣で譲葉がクスリと笑う。

「ひなちゃんて、本当に父さんが好きなんだね」

「えっ？　な、なんで雪人さんのこと考えてたって分かるの？」

「バレバレだよ。分からない人の方が少ないと思うよ？」

譲葉は、額にかかる前髪を払いながら笑った。ちょっとした仕草《しぐさ》さえ絵になる。

窓の外を眺める彼女の横顔は、精巧な芸術品のようだ。

優美で高い鼻、形も血色もいい唇。細いあごから首にかけて、美しい曲線を描いている。まるで血統書付きのしなやかな猫のようで、隣にいると緊張してしまう。

「でもよかった。父さんの再婚相手が、ひなちゃんみたいな人で」

「へ？」

見惚れていたら間抜けな返答になった。

「初めて再婚するって聞いた時は、正直驚いたんだ。楓と同い年だなんて、あの人の年齢を考えればほとんど犯罪レベルじゃない？　私自身、そんな年の近い母親ができて、うまくやっていけるのかなって思った」

言いながら窓辺を離れ、譲葉はソファに座る。ひなこ達の結婚に対する本音を、彼女の口から聞くのは初めてだった。

突然若いお母さんができるなんて不安になって当然だ。けれど譲葉は、神妙な顔になったひなこを安心させるように笑った。

「でも会ってみたら、ひなちゃんはとってもいい人だし。仕事馬鹿だった父さんが、毎日幸せそうにしてるし。見てるこっちが胸焼けするくらいだよ」

譲葉の言葉に、ひなこは目を瞬《またた》かせた。

「……雪人さんが、幸せそう？」

「そりゃあもう。ひなちゃんがうちに来てから、あの人は変わった。よく笑うようになったよ。一人で頑張らなきゃって張り詰めていたものが、緩んだんだろうね」

確かに雪人には、守らなければいけないものが多い。

大切な家族だけじゃなく会社にも責任がある。社員とその家族の生活が、彼の肩にかかっているのだ。

そんな彼に安らぎを与えているのが自分だなんて、どうしても思えない。

物思いの間も彼女は続ける。

「私達だって、ひなちゃんのおかげで変わったんだよ。家族で旅行なんて、昔なら考えられなかった。ありがとう、父さんと結婚してくれて」

譲葉のとても優しい笑顔を見て、罪悪感が胸を覆った。

――あぁ。私、嘘をついてる。こんなに優しい人に。

本当の愛なんてどこにもない。

言うなればひなこは生きていくために、雪人は日々の暮らしのために、互いを利用し合っているだけ。そう言ったら、彼女はどんな顔をするだろう。

失望するだろうか。利害だけで事実婚をした、いわば契約家族にすぎないという真実を知った時、どう思うだろう。大切な父親を利用したひなこを。

「……ひなちゃん？」

譲葉と目が合い、ひなこは誤魔化すように笑った。

「あ、ごめん。そうだ、私ちょっと出かけてくるね。行きたいところがあるの」

不自然だったのか、彼女は心配そうに首を傾げる。

「一人で大丈夫？　私も行こうか？」

「遠くに行くわけじゃないから大丈夫。譲葉ちゃんはゆっくり休んでて」

手早く出かける準備をすると、譲葉に背を向ける。

ひなこは、何かから逃げるように闇雲に歩いた。

指先は冷たく、痛いほど動悸《どうき》が速まっている。

ほとんど走るようにしてエレベーターに乗り込んだ。幸い同乗者はいない。

けれど扉が閉まりかけたその時、誰かが滑り込んできた。

「すいません……ってあんたか」

「……楓君」

誰にも会いたくなかったのに、よりにもよって楓だった。

せめて三嶋家の者以外だったらよかったのに。そんな思いが胸をよぎったが、ひなこは努めて笑顔を作る。

「楓君も、おでかけ？」

「柊があんたの部屋に遊びに行ったから、適当にその辺ぶらぶらするかなーと」

「え。じゃあ私、部屋に戻った方が……」

開ボタンに伸ばした腕を、楓がやや乱暴に掴む。

驚いている間にエレベーターが完全に閉まった。密室になった途端、一気に壁際まで追い詰められる。

「ちょっと、また変なことしたら――」

「バーカ。こんな顔色の女に、誰が悪戯《いたずら》するかよ。作り笑いもえらい不細工だし」

よっぽどひどい顔色なのだろう。

けれど咄嗟《とっさ》に隠すより、思わず楓を睨んでしまった。

「……誰かに対して不細工って言うなんて、人としてどうかと思う」

彼ほど整った顔立ちの者に比べたら、誰だって普通かそれ以下だろう。

「不細工は不細工だろ、そんな下手くそな笑い方しやがって。具合は悪くなさそうだな。ってことは、何かあったのか？」

「別に何も……」

「じゃあ、なんで不細工になってんだよ」

「だから不細工はやめてよ」

あんまりな会話に馬鹿らしくなってきて、ひなこは小さく笑った。

「……楓君、タイミングよすぎるよ。悩んでる時に限って現れるんだから」

柊とうまくいっていない時も、なんだかんだ相談にのってくれた。

思い出し笑いをするひなこをじっと見下ろしていた楓が、口を開いた。

「あんた、どっか行きたいとこあんの？」

問われて、ほぼ無意識に浮かんだのは名古屋のスーパーだ。それでも今は、とても買いものなんて行く気になれない。

けれど、ひなこの表情から何かを察した彼はニヤリと笑った。

「あるんだな？　じゃあそこに行くぞ」

「えぇー……」

タイミングよくエレベーターが開く。

どんなにぼやいても腕を掴まれたままのひなこは、楓についていくしかなかった。

とはいえ、買いものをする気分じゃなかったのも、ものの一分ほど。

鬱々《うつうつ》としたまま近くのスーパーに入ってすぐ、ひなこは名古屋の銘菓《めいか》を発見した。

「……お土産とかも、売ってるんだね。でも箱入りじゃないから安くてお得かも」

「買っとくか？」

楓に頷いてカートに入れる。この時点ではまだ俯《うつむ》きがちだ。

「……このビスケットの商品名にある『しるこ』って、なんだろ？　お汁粉ってこと？」

「知らね。あんこでも入ってるんだろ」

弱々しい声で聞くも、すげない答えが返ってくる。正体不明のビスケットを、ひなこはとりあえずカートに入れた。

チルド食品のコーナーに行き、名古屋発祥有名店のとんこつラーメンの袋を無言でカートに入れる。すると楓が、それをあろうことか棚に戻そうとするではないか。

「……いや食べるでしょ」

「いや店に行きゃいいだろ」

「いや名古屋おいしいものありすぎて絶対食べきれないから。たぶんラーメン屋さんまでたどり着けないから」

雪人からもらったお給料で買うのだ。文句は言わせない。

ひなこは憤然としながら袋ラーメンをカートに戻した。

チルド麺のコーナーには、他にも目を引く商品がたくさんある。

「味噌煮込みうどんもあるんだね」

「お、台湾ラーメンもあるぞ」

「台湾ラーメンといえば名古屋だよね。買ってみようかな。こっちのきしめんも食べ比べしてみたいし、いっそ両方買っちゃおうか」

「……しばらく麺しか食べられねぇ予感がするんですけど」

買い進める内に、段々楽しくなってくる。

ひなこは目当てにしていた調味料コーナーに向かった。

欲しかったものは、棚に大量に並んでいた。チューブタイプの八丁味噌だ。

「ほら楓君、八丁味噌！　これ買ってみたかったんだよ」

カートに幾《いく》つも放り込んでいると、見慣れぬレトルトパウチが目に留まった。

「見て！　あの、あんかけスパのソースだよ！」

「あのって言われてもよく知らねぇし。あんた、B級グルメも詳しいんだな」

あんかけスパは最近定番になりつつある、名古屋のB級グルメだ。

中でも有名なメーカーから発売されているものを発見したので、もちろんこれも
カート行き決定。ひなこは目を輝かせながら幾《いく》つか手に取った。

「よし、専用太麺も探してみよう。楓君、さっきのコーナーまで戻るよ！」

「もう麺はやめとけ！」

「あ、待って！　どて煮の素もあるよ……それに手羽唐ソースまで！　しかもあの定

番のメーカーさんの！」

「いやだから知らねぇって」

「知らないの⁉　あ、うわどうしよう、濃いめとか色んな味がある！　せっかくだし全部いっとく⁉」

「おいあんた一回落ち着け、テンションおかしくなってるから！　調味料と麺ばっかそんなに買ってどうすんだよ⁉」

「イケるって！」

「イクな！　このスーパーだけで名古屋グルメを満喫しようとしてんじゃねー！」

楓の言葉に、ひなこはハッと口を押さえた。

「そうだよね……せっかく来たのに、これじゃ名古屋に失礼だよね」

「……もう思い留まってくれるなら、理由なんてなんでもいいっす」

彼がなぜか肩を落とすので、ひなこはコテリと首を傾げた。

結局買いもの袋は三つになってしまい、楓が重い方二つを持ってくれた。

荷物持ちとして一緒に来たわけではないので、なんだか申し訳ない。

ホテルへの帰り道。薄暗くなり始めた空には街灯が浮かび始めていた。昼と夜の境も曖昧《あいまい》で、人の多さと相まって混沌としている。

「よし。もうついでに、あの全国チェーンの喫茶店にも行ってみようか」

この期に及んで大胆な提案をしてみると、楓は大反対した。

「行くなら順序が逆だろ！　なんでこんな大荷物で行かなきゃなんねんだよ！」

「じゃあ一回ホテルに置いてからだね！」

「いやおかしいだろ！　もうすぐ飯食いに行くんだからな⁉」

もう五時を回っているため、彼の意見がもっともであることは分かっている。

「でもね、明日の朝はホテルのバイキングだから、他にチャンスがないんだよ」

「つーかそもそも地元に帰りゃあるだろーが！　チェーン店なんだから！」

「本場は味が違うかもしれないじゃん」

「同じだよ！　じゃなきゃおかしいだろ！」

「同じかどうか行ってみないと分からないでしょ？　ずっと気にし続けるより、行ってみて『やっぱり一緒だったねー』って実感した方が、後悔しないと思うんだよね」

「アホだな！　あんた食が絡むと本当にアホだな！」

道行く人々が、声を限りに突っ込み続けるイケメンに興味津々だ。

あまり注目されても恥ずかしいため、最終的にはひなこが折れた。彼のおかげで気持ちが上向いたのは事実だし、無理を言って困らせたくない。

「あー、楽しかったな。たくさん衝動買いしちゃった」

「甘いものとか服とかじゃなく、食材っていうのがあんたらしいよな」

隣を歩く楓も、なんだかんだ楽しそうだ。

気晴らしに付き合ってくれた彼の優しさに、ひなこは覚悟を決めた。

譲葉の信頼に胸が痛くなったのも、以前よりずっと彼らを大切に思っているからに他ならない。

本当のことを話そう。

嫌われるのが怖いとか、それはひなこの都合だ。

全てを打ち明けて、それでも側にいられるように努力すればいいのだ。

そうして、嘘のないところからまた始めよう。ちゃんと、家族になろう。

立ち止まり、ひなこは真っ直ぐ楓を見つめた。

「――楓君。今夜、柊君が寝たら、私の部屋に来てほしいの」

楓はぽかんと口を開け、動かなくなってしまった。珍しく間抜けな顔だ。

「お……俺？　あんたの、部屋に？」

「大事な話があるの……お願い、絶対来てね」

念押しにも、彼は機械のようにこくこく頷くのみだった。


夕食は居酒屋で食べた。手羽先がおいしいと評判の店だ。

普段なかなか入れない居酒屋という大人の世界に、柊はたいへん興奮していた。

手羽先はスナック菓子のように軽く、いくらでも食べられた。

胡椒《こしょう》が利いているためお酒が進むらしく、普段あまり飲酒をしない雪人がビールを注文している。けれど今夜に備えてか一杯しか飲まなかったので、せっかくの旅先で羽目を外せないことを申し訳なく感じた。

居酒屋にいる間、いつもなら柊と息の合った会話を繰り広げる楓がなぜか無口で、ひなこは内心首を傾げていた。

楽しい時間はあっという間にすぎ、そして夜の十時頃。楓が部屋を訪れた。

「――うん。まぁ、そんなことだろうとは思ってた」

彼は開口一番そう言った。

「遅かったね。柊君かなり興奮してたから、なかなか眠らなかったんでしょ」

出迎えるひなこの背後で、譲葉が手を振っている。

楓はドアにもたれて脱力した。

「……どうせあんただし、こんなことだろうと思ってたけど」

「どうしたの？　早く上がりなよ」

入口に立ったままぶつぶつ呟く楓を促すと、彼は少し乱暴な仕草《しぐさ》で譲葉の隣に腰を下ろした。

「機嫌悪くなってない、楓？」

「なってねーし」

「そう？　私を見た途端、微妙にガッカリしてなかった？」

「してねーし」

「はいはい、素直じゃないねぇ」

お茶を淹《い》れていたひなこは、兄妹二人の密やかな会話を微笑ましく見守っていた。内容までは聞こえないが楽しそうだ。

しばらくすると雪人もやって来て、楓と譲葉は少し驚いていた。大事な話があるとだけ聞いていた二人にとって、父親が来るのは意外だったらしい。

「茜君は、いつも通りに寝たんですね」

「あの子はマイペースだからね」

それでもひなこが説得し、早く寝るようになった方だ。

改めて、全員分の飲みものを用意して席についた。

譲葉と楓はソファに、雪人とひなこは丸テーブルに座る。

深く息を吐いて楓達を見据えると、ひなこはいよいよ口を開いた。

長い話になった。

母が亡くなり、天涯孤独になったこと。自主退学すべきか悩んでいたところで、偶然雪人に出会ったこと。彼が契約結婚を提案してくれたこと。今後の生活にも困っていたし、何より必要とされたことがとても嬉しく……その手を取ったこと。

ひなこはポツポツと、けれど全てをさらけ出して語った。

楓達の目を見ることはできなかった。どんなふうに思われても仕方ないと覚悟していたつもりでも、やはり反応が怖い。

「――でも、今は許されないことをしたと、後悔してる。みんなのたった一人の父親を利用して、家族の絆に土足で踏み込むなんて……本当に、ごめんなさい」

深く頭を下げると沈黙が落ちた。誰も、身じろぎ一つしない。

緊張に冷えた指先が震えて、ぎゅっと握り込む。

いつまでも逃げていられない。

怖くて逃げ出したくて、ますます俯《うつむ》きがちになる自分を叱咤《しった》した。彼らの信頼を失っても、努力して再び歩み寄ると決めたのだ。

ひなこは思いきって顔を上げ――目を点にした。

楓と譲葉の凍えるほど冷たい視線が、なぜか雪人に向かっているのだ。なんだか想像していた展開と違う。

「……あの？」

室温が下がったように感じるほど冷々とした二人に、勇気を振り絞って声をかけた。

「――変態だね」

「あぁ、間違いなく変態野郎だ」

我が子に変態と言われ、雪人は困ったように笑っている。

楓と譲葉が、父親を口々に非難した。

「金にものを言わせて女子高生と結婚するなんてヤベー奴じゃん。ニヤニヤしやがって、本当むっつりだよな」

「人間性に問題があるとしか思えないよ。父さんの倫理観は著《いちじる》しく欠如してる」

「しかも契約結婚とか言っといて、どんだけベタベタしてんだよ。契約違反だろ。ほとんどセクハラじゃねーか」

「ひなちゃんに訴えられても反論できないくらいのレベルだね」

「この男が父親なんて思いたくねぇ」

「同感」

ぽんぽん投げつけられる悪口に、それでも雪人は鷹揚《おうよう》に構えている。

その困ったような笑顔が、こちらに向くはずだった糾弾《きゅうだん》を甘んじて受け入れているように映り、ひなこは必死で庇《かば》った。

「違うの、それは誤解なの！　雪人さんは困ってる人間を見捨てられなかっただけ！　優しいから、放っておけないから、遠慮する私に『ハウスキーパーとして雇うみたいなもの』だなんて気遣ってくれて……！」

「――って、本人に本気で思わせてるとこが一番怖ぇー……」

楓が恐ろしげに呟き、譲葉も同意するように頷いている。

ひなこととしては、なぜ自分が責められないのかと訝《いぶか》るばかりだ。

「楓君、譲葉ちゃん。私のことをひどい女だと、思わないの？」

二人は視線を交わし、譲葉の方が口を開いた。

「正直、愛し合っての結婚じゃなかったって部分には戸惑ってるけどね。でもだからって、そこまで悩んで苦しんでる人に追い討ちかけたりしないよ」

「そんな」

「それに私は、もうひなちゃんを家族として受け入れてるから。怒りよりむしろ、ひなちゃんが苦しんでたことに気付けなかった自分が、ちょっと悔しいかな」

譲葉はそう言って立ち上がると、ひなこの前で片膝をついた。

固く握りしめすぎたこぶしを両手で優しく包み込み、労るように微笑む。

「ひなちゃん、ずっと一人で辛かったね」

まばたきの瞬間、ポロリと丸い涙がこぼれ落ちた。

慌てて俯《うつむ》く耳に、楓の声が届く。

「俺は元々怪しいと思ってたし。騙されたとか、別に思ってねぇから。あんたは好きなだけ家にいればいい――家族だろ」

以前彼らは、辛さを抱えるひなこに気付いてくれたことがあった。

自分が分かりやすいせいかと思っていたが、そうじゃなかった。

――私が分かりやすいんじゃない。この人達が、ちゃんと見ててくれてるんだ。

落ち込んでいる時、何も聞かず好物のグラタンを作ってくれた母のように。

ひなこだけじゃない。

楓達も、家族だと思ってくれていた。そう気付いたらもう耐えられなかった。

気合で止めていた涙が、ぶわっと溢れだす。

喉が引きつって声が出なくても、ひなこはあえぐように言葉を紡いだ。どうしても言わなければならないことがある。

「――みんなと家族になれて、嬉しかったの。みんなのためにごはんを作ったり、洗濯したり……そうすることで少しずつ、自分を取り戻していってるようで……私は救われたの。家族に、なることで」

しゃくり上げながら譲葉と楓を見つめた。

「私、これからも一緒にいたい。みんなで――家族で。いいですか？」

兄妹はもう一度目を合わせた。譲葉は苦笑し、楓は呆れたように額を押さえる。

「いいに決まってるよ」

「つーか、確認取る必要もねぇし」

彼らの温かさに涙が止まらなくなる。

もう我慢をする必要もない。ボロボロ頬を伝う涙を、ひなこの前に屈《かが》んでいた譲葉が優しく拭う。片膝をついたその姿はやはり王子様のようだ。

横からスッとハンカチが差し出された。今まで黙って見守ってくれていた雪人だ。

「お疲れさま。よく頑張ったね」

「ゆぎじどざん……」

彼はうまくしゃべれないひなこにおかしそうに笑い、鼻にハンカチを当てる。

さすがに人のハンカチなので、ありがたく受け取って涙を拭くだけに止《とど》めた。

「ひなこさん、明日のお昼は何を食べようか？」

優しい声で問われ、ひなこは鼻をぐずぐずとさせながらも答えた。

「お昼……水族館に行くなら、海沿い。おいしい海の幸とか……あ。卸売市場がありますよね。近くってほどではないですけど、水族館帰りに行くならいいかもしれません。確かおいしい食堂があるってテレビでやってたような」

早朝に行かないと売り切れてしまうという、数量限定の海鮮ちらしがあるとか。行列必至だと聞くから、子ども達には少々辛いかもしれないが。

話している内に自然と頬が緩む。

ふと、雪人と目が合った。からかい交じりの笑みで我に返り、顔が熱くなる。

少し前まで泣いていたのに、食べもののことを考えるだけで気分が浮上しているなんて、どこまで現金なのか。

最近すっかり習性を知り尽くされているようで、なんだか恥ずかしい。

けれどそれこそが家族らしい気がして、ひなこもやっぱり笑ってしまった。

◇◆◇

翌日の朝食バイキングは、想像以上に素晴らしかった。

オムレツに八丁味噌のソースが使われていたり、有名な小倉《おぐら》トーストがあったり。

名古屋らしい食べものが幾《いく》つも用意されていて、ひなこは動けなくなりそうなほど全力で食べ尽くした。

のんびりチェックアウトをし、水族館へと向かう。

なぜか柊が、朝からひなこにべったりくっついて離れない。

「えっと。ちょっとだけ離れようか、柊君？」

移動中は腰に引っ付かれると歩きづらいのだが、彼は聞き入れてくれない。

「やだ！　だって昨日、大人だけで二次会したんだろ!?　ズルい！」

「二次会って……」

真剣な集まりだったのだが、おいしい話をしたのもひなこ限定なら事実だ。

たくさん泣いたせいで目の腫《は》れを戻すことに苦労したけれど。

「だから、今日はオレがひなこを独り占めするんだ！」

どうやら原因は可愛い嫉妬のようだ。

そこまで慕ってくれる柊が愛《いと》しくて、ついつい甘やかしてしまう。

「じゃあ、手を繋がない？」

スッと手を差し出すと、柊は子犬のように瞳を輝かせながらはっしと両手で掴む。

一生懸命な様子に思わず笑みがこぼれる。

——柊君にも茜君にも、いつかちゃんと話せたらいいな……

彼らだけに隠し続けるのも心苦しいが、純粋な子ども達を傷付けたくない。契約結婚であることを黙っていた、ひなこが背負うべき罪悪感だ。

目的の水族館は海沿いにあった。

レストランかみやげ店だろうか、近くには大型船を彷彿《ほうふつ》とさせる建物が見える。

館内に一歩足を踏み入れた途端、青い世界が目の前に広がった。

色とりどりの魚の群れ、大きな水槽《すいそう》。一気に日常から切り離されていくようだ。

柊はあっという間にひなこの存在を忘れて走り出した。ちょっとだけ寂しい。

珍しく、茜も同じように駆けていった。

入ってすぐの水槽《すいそう》で泳ぐのが彼の目当てのシャチだと、近付いてようやく気付く。

目を輝かせて水槽《すいそう》にへばりつく柊の隣で、茜は呆然と立ち尽くしていた。

「こんなに、大きいんだ……」

見た目には分かりづらいが、静かに感動しているらしい。

シャチはひなこが想像するより大きいし、泳ぐのも速い。

もちろんすごいと思うけれど、茜の感動は人並み以上だった。柊の反応と比べても、子どもだからというわけではなさそうだ。

「イベントで、シャチのトレーニングもあるみたいだよ」

話しかけてみると、茜はこくりと頷いた。

「あ、あっちにベルーガもいるよ」

「可愛いねー」

ひなこと譲葉がきゃっきゃと笑い合う。

平和そうな顔で泳ぐ白いイルカは可愛かった。仰向けになってみたり、のんびり泳いだりとマイペースだ。

けれど茜は見ようともせずに頷くだけだった。シャチから一切目を離さない。

「茜、あっちのでっかい水槽《すいそう》のとこ行こうぜ！　マグロとかサメとかいるぞ！」

こくりと頷くも、やはり茜の視線はシャチに釘付けだ。おそらく話などまともに届いていないのだろう。

まだ小学生の茜を一人にしておくわけにはいかないが、彼は当分ここから離れそうにない。みんなで困り顔になってしまう中、ひなこは提案した。

「あの、私ここで茜君とシャチを見てます」

「それじゃあ、ひなこさんが楽しめないでしょう？　茜なら僕が見てるから、みんなで行っておいで」

「いえ。私、水族館でポーッとするの、結構好きなんです」

気遣う雪人に首を振って笑うも、柊は不満そうだ。

「ヤダ！　せっかくだから、ひなこと一緒に回りたい！」

「すぐに合流するから待っててね。あ、柊君。サメにエサをあげることもできるらしいよ。早く行かないと始まっちゃうよ」

「っ！」

彼はとてつもなく心が動いたらしく、全身で行きたいと訴えている。

「わ、分かった。その代わり、ここ出たらオレとずっと一緒にいるんだからな！」

言い捨てるようにして柊が駆けていく。楓達もやれやれといった様子で、そのあとを追っていった。

二人きりになると、茜がポツリと呟いた。

「……生態とか本で読んで、僕は知った気になってた。こんなに大きいなんて思わなかった。体長何メートルとか体重何トンだとか、海洋系の食物連鎖のトップだとか、僕は文字で知ってただけだった」

お守りを任されたひなこへの気遣いか、それとも独り言か。

話しかけられ多少面食らったが、笑って答えた。

「実際に見ないと分からないことって、あるよね。本だけじゃ分からないこと」

「本だけじゃ、分からないこと……」

それきり黙り込んでしまった茜と、少し距離をとる。一人で楽しみたいだろう。

すると、後ろから突然肩を叩かれた。

驚いて振り向くと、柊達と行ったはずの雪人がいた。

「向こうには楓と譲葉がいるから大丈夫だと思って、抜けてきたんだ」

「私、本当に平気ですよ？　茜君の気持ちも分かりますし」

気を遣う必要はないと言ったつもりが、彼はなぜかその話題に食い付いた。

「茜の気持ちが分かるの？」

「えっと、そうなんです。私も子どもの頃、ハコフグの前で何時間もポーッとして、母を困らせてたので」

いつまで経っても動かないひなこに、母が根負けしたことを思い出す。ごはんを食べてもハコフグの水槽《すいそう》前に戻り、ベンチに並んで座っていたものだ。

知らず微笑んでいたらしく、どこまでも優しい瞳がひなこを映していた。

「よかった。有賀さんのことを思い出しても、もう悲しそうにしなくなったね」

雪人は、四十九日を終えて元気のないひなこをずっと見守ってくれていた。

彼の優しさを思うと胸がふんわり温かくなると同時に、どこか切なく痛む。

その痛みがなんなのか、ひなこには分からない。

「……全部、雪人さん達のおかげですよ。皆さんがいてくれるから、私は前を向いていられるんです」

ニッコリ笑ってみせると、彼はそっとひなこの手を握った。

驚いて見上げるも、雪人はシャチに熱中していますと言わんばかりだ。

周囲の誰も気付いていないようだが、心臓に悪い。

けれど今なら、胸につかえた疑問を聞けるだろうか。

ひなこは、精一杯の勇気を掻き集めて口を開いた。

「あ、あの……なんでこんなに、優しくしてくれるんですか?」

突然の質問に、彼が面食らっているのが分かる。

雪人の凝視に耐えられなくなって、ひなこは俯《うつむ》いた。

「考え出したら、止まらなくて。雪人さんはとっても素敵で、頼りがいがあって、優しくて。恋人がいないのが不思議なくらい」

「奥さんに一度逃げられているわけだから、それはどう考えても褒めすぎだよね」

「私が可哀想だから、優しくしてくれるんですか？　それとも知り合いの娘だったから？　あなたの側にいたら、私はいずれ邪魔になる……？」

茶化すようだった雪人が、止まった。

「僕が、ひなこさんに優しい理由――？」

彼はどこか呆然としながら、ぎこちなく口元を覆い隠す。

ウロウロと寄る辺なく彷徨《さまよ》っていた視線が、ひなこの上で焦点を結ぶ。

「――そう、か。そういうことなんだろうね……」

どこか腑に落ちたように呟き、雪人は天を仰いだ。その顔が赤くなっていることに、照明のせいもあってひなこは気付かない。

声をかけるのを躊躇《ためら》っていると、やがて彼はいつも通り微笑んだ。

いつもと何も変わらないはずなのに、何かが決定的に違う笑み。

「……僕が優しいのは正義感とか義務感とか、まして有賀さんのためでもないよ。正直僕自身、完全に無意識だったけどね」

「雪人さん……?」

彼の言葉の意味を深く考える暇もなく、楓達と合流する。

昼食はひなこの希望通り市場の食堂でとった。

数量限定の丼は惜しくも売り切れていたが、三種の海鮮丼など、どれを食べてもおいしかった。

もっと遊んでいたいところだが、明日はもう月曜日。

きしめんやら天むすやら味噌おでんやら、本場で食べられないことに未練はあるが、名古屋ともそろそろお別れだ。

帰りがけ、みやげ店に寄った。

有名店監修のきしめんを手に取っていた柊に、後ろから声をかける。

「きしめんとか麺類は、私がたくさん買っておいたので任せてください」

「どれくらい買ったんだ?」

「あれはね……すごい量だよ」

何気ない彼の質問に答えたのは譲葉だった。なぜか遠い目をしている。

ひなこがスーパーから帰った時、彼女の表情が固まっていたことには気付いていた。

それでも荷造りの際はワゴンに積み込む作業を優しく手伝ってくれたので、こんな疲弊《ひへい》しきった兵士のような顔をされるとは思っていなかった。心外だ。

ひなこ達の会話が聞こえたのか、雪人が輪に加わった。

「そんなにたくさん買ったなら、僕がお金を出すよ」

「いえっ！　自分が食べたくて大量に買ってしまっただけですから！」

「でも、家族で食べる分も買ってくれたんでしょう？」

何と言われようと、雪人に了承を得ず爆買いしたのはひなこなのだ。

頑として断るつもりが、頭に柔らかく手を置かれた。

「ありがとう。僕の奥さんは可愛く優しいだけじゃなく、控えめで家族思いだね」

「ど、どう考えても褒めすぎです！」

笑顔と言葉に頬が熱くなる。いつものからかいだと分かっているのに、水族館でのやり取りのあとではつい動揺してしまう。

宣言通り柊がひなこにべったりなので、帰りは助手席に茜が座ることになっている。

二人だけで話すのは難しいと思っていたので、これには少なからずホッとした。

「ご当地スナック系は買っとこうぜ」

「手羽先味か。いいね」

「おい茜、端から成分表示読んでるんじゃねーよ！　どんだけ活字馬鹿なんだ！」

おみやげ選びそっちのけで商品裏に印字された成分表を読んでいる茜に、柊が呆れて声をかけた。ぼんやりしたままの茜に、ひなこと譲葉が笑い合う。

みんなであれこれ言い合いながらみやげを選ぶのは楽しく、とても思い出深い名古屋旅行となった。

第四話　文化祭とロールケーキ

学校終わりに日用品や食料の買いものをした、帰り道。

暗くなり始めた空を幾《いく》つかの星が彩っている。最近はすっかり寒くなり、冷たい風にひなこは首を縮めた。

ポツポツと街灯の浮かぶ住宅街。ひと気のない通りを歩いていると、前方に見慣れた背中を見つけた。楓だ。

「楓君、一緒に帰ろう」

ひなこは、周囲に人がいないことをしっかり確認してから声をかける。

「おぉ、お義母さん」

「外ではそのネタやめてくれる？」

止まって待ってくれている彼に追いつくと、エコバッグをやや強引に引き取られた。遠慮しようと思ったのに、軽口ではぐらかされてしまう。

「つーか契約結婚なら、相手はオヤジじゃなくてもいいんじゃねぇ？」

「楓君ならお断りだから」

「言う前に断るなよ」

ニヤニヤと意地悪な笑みを浮かべているから、どうせそんなことだろうと思った。

悪意がないのは分かっているが、そろそろこのからかいもやめてもらえないだろうか。ひなこは半眼になり横目で楓を睨んだ。

「わざわざ取り巻き軍団に目を付けられるようなこと、すると思う？」

「軍団って言うな。それでも十歳以上年上のロリコンより、ずっとマシだろ？」

「雪人さんは私にはもったいないくらい格好いいし、素敵な人だよ」

雪人を庇《かば》うと、彼はやや不服そうに唸った。

「あんた、オヤジが好きなのか？」

ひなこは言葉に詰まった。

それを知りたいのは、どちらかと言うと自分自身だ。

雪人といると落ち着くし、温かな気持ちになる。

からかわれたり、他愛のないスキンシップをされたりするのは困ってしまうが、本当のところそこまで嫌じゃない。それがどんな感情によるものなのか、自身ですら分からないでいる。

「好きというか……感謝はしてるけど」

楓はぐっと俯《うつむ》いた。

「……あんたの頭の中は、オヤジのことばっかなんだな」

「え？」

風にさらわれた呟きを聞き返す。なぜか、ひどく切なげに聞こえた。

立ち止まった彼の表情は、乱れた前髪に隠れて見えない。

「楓君？」

ひなこも足を止めて再度問いかけると、楓はゆっくりと顔を上げた。

無口になると、彼は急に硬質な空気をまとう。

三嶋家の面々の美貌には慣れたつもりだったが、久々に圧倒される。

街灯のぼんやりした光がかすかに届き、彼の肌の上を艶やかに滑っていた。闇に浮かぶ双眸《そうぼう》が宝石みたいにキラキラ輝き、思わず見入ってしまう。

止まっていた時間が動く。楓は不意に視線を外すと、また歩き出した。

「もうすぐ、文化祭だな。あんたのところはもう出しもの決まったのか？」

不自然な沈黙をなかったことにするように、ひなこもコクコク頷き返す。

「うちは、定番だけどカフェになりそう。色んな種類のロールケーキを作って出そうかって話になってる。楓君のクラスは？」

「劇にしようとか女子は盛り上がってたな。まぁ俺は大道具とか、当日ゆっくりできる仕事にするけどな」

女子が騒いでいたと言うなら楓は舞台に引っ張り出される気がしたが、あえて指摘はしない。確か同クラスに取り巻きの子がいたから、ひなこが今忠告したところで逃れる術《すべ》はないだろう。

「あんたのことだから、ロールケーキを焼く係に立候補したんだろうな」

「もちろん。腕が痛くなるまで焼き続けるよ」

「それはやめとけ」

楓が軽く笑うと、それきり会話が途切れた。

雪人も旅行から帰って以来少しおかしいが、彼も以前と異なるような気がする。

ひなこは困惑を抱えたまま、並んで帰途に就いた。

◇◆◇

文化祭が近付いているというのに、ひなこは一層勉強に打ち込むようになった。

最近はもやもやと悩むことが多く、気持ちを落ち着けるには勉強が一番だったのだ。

努力さえすれば答えが出る点など特に素晴らしい。

「ねぇ、髪の毛いじっていい？」

心頭滅却《しんとうめっきゃく》の精神でお昼休みも机に向かっていると、暇を持て余した親友の優香が背後に回り込んだ。

手入れの行き届いた美しい指先がセミロングの髪に触れる。

ひなこは体ごと動かし、慌ててその手をよけた。

「駄目駄目駄目、集中できなくなっちゃうから」

「って、勉強してなくても触らせてくれないじゃん」

「いじったって仕方ないもん」

平凡を絵に描いたような見た目であることは自覚している。

彼女ほど整った容姿であれば色々手を加えるのも楽しいだろうが、限界が見えているひなこには無用の努力である気がした。それぐらいなら食にお金を費やしたい。

優香が不満そうな顔で肩にのしかかる。

可愛いが、クラスの男子の嫉妬が怖いのでやめてほしい。

「あんたは可愛いよ。目も大きいし、化粧映えすると思う」

「でも、綺麗になったところで誰かと付き合うあてもないし」

「ひなこの考え方は古い！　女はね、男のために綺麗になるんじゃないの。自分のために自分を磨くのよ！」

彼女の声に急に熱がこもった。

「可愛い服が似合うようになるし、見た目に騙された愚か者が色々助けてくれるし。嫉妬やひがみは面倒だけど、それも私の可愛さゆえだと思えば最高に気持ちいいし」

「優香、それあんまり大声で言っちゃいけないやつだと思うよ」

「いいの。性格悪いの隠してないし、馬鹿はそれでも寄ってくるから」

偉そうに言うことではないと思うが、周囲からの熱い視線に心底納得してしまう。とはいえ、突然熱く語り出したのも暇を持て余しているからなのだろう。ひなこは気分転換も兼ねて休憩を挟むことにした。

「ちょっとお手洗いのついでに飲みもの買ってこようかな。優香も一緒に行こう？」

「あ、行くー」

案の定優香は、美へのこだわりをあっさりと放り投げ嬉しそうに笑った。

文化祭が近いだけあって、校内はどこか落ち着かない空気だ。

廊下を歩く生徒の話題も文化祭一色。

今年のミスコン、ミスターコンは誰が出るのか、出しものの優勝賞品は何か。なんとはなしに聞きながら歩く。

「……去年も学食の無料券だったんだから、どうせ今年も一緒でしょ」

「優香、夢がないよ」

素っ気なく鼻を鳴らす親友に苦笑いがこぼれるが、毎年代わり映えのない賞品ではありがたみが薄いのは確かだ。

お嬢様な優香もお弁当持ちのひなこも、いまいち気合が入らない。

「うちもとりあえずカフェに決定っぽいけど、肝心なのは中身よね。どうせ他にも飲食店のクラスがあるだろうし、差別化しないと模擬店一位にはなれないでしょ」

「んー、コスプレとかすればいいんじゃない？　優香可愛いから、客引きに」

「コスプレって発想自体が安直。ひねりが足りない」

そもそも優勝を狙う気のない、ちょっとした世間話のようなものだとお互いが認識しているからこそ成立する会話だ。

本気で頭を悩ませているわけではないし、仮にいい案が浮かんだとしてクラスで発表する気もなかった。二人の文化祭へのモチベーションはとてつもなく低い。

周囲との温度差を感じつつ、ひなこ達はいつも通り過ごしていた。

そんないつも通りの平和を突然破ったのは、鋭い呼びかけだった。

「止まれ、有賀ひなこ！　栗原優香！」

耳によく馴染む落ち着いた声。

だがさっぱり聞き覚えがないので訝《いぶか》しげに振り返ると、驚くほど美しい少女が腕を組んでいた。

すらりと長い手足、細い首、小さな顔。モデルのようなバランスだ。

腰まで届く黒髪、澄んだ瞳はまるで黒猫のよう。細い鼻梁《びりょう》と桜色の唇も文句のつけようもなく端麗で、優香とは異なるタイプの美しさだった。

――雰囲気が譲葉ちゃんに、ちょっとだけ似てるかも。

美少女というよりはもっと危うい、中性的な顔立ちだ。

そんなことをのんきに考えながらまじまじ観察していると、彼女の瞳が尖った。無反応なひなこ達に焦れたらしい。

「お前達に、決闘を申し込む！」

廊下に響き渡る声だったので、一気に注目が集まり出した。物見高い輩はわざわざ教室から出てきている。

だが美少女二人は視線など慣れているらしく、気にしているのはひなこだけだ。

「はぁ？　馬鹿じゃない」

平然と返す優香は恐ろしくつれない。

興味がないと言わんばかりに切って捨てると、来た道を引き返し始めた。

「えっと、一応最後まで聞かないの？」

「変な奴の相手なんかすることないよ」

ずんずん歩いていってしまう友人と謎の美少女の間で視線を彷徨《さまよ》わせていると、彼女は焦ったように口を開いた。

「ぶ、文化祭のミスコンで、誰が優勝するか勝負だ！」

「受けて立つ」

「って優香⁉」

途端にやる気をみなぎらせる親友に慌てる。

先ほどまでとりつく島もなかったのに、一体どういう心境の変化か。

「でも面倒な手続きは嫌よ」

「仕方ない。三人分のエントリーはこちらでしておこう」

「なら出てもいいわ」

ひなこが呆然としている間にも、話はとんとん拍子で進んでいく。

「ちょ、ま、待って！　優香、さっきまで文化祭に乗り気じゃなかったよね⁉」

いきなり全力で楽しむ方向にシフトチェンジしているが、なぜ気が変わったのか全く分からない。

彼女は非常にいい笑顔で、ぐっと親指を立てた。

「公然とあんたをいじれる、ラッキー。髪もメイクも服も全部私に任せて」

傍若無人《ぼうじゃくぶじん》なお嬢様はやる気満々のようだ。意思を曲げるつもりはなさそうなので、ひなこは矛先《ほこさき》を変えた。

「あの、そもそもなぜ私達が決闘するんですか？　失礼ですけど初対面ですよね？」

この発言は、黒髪美人の心にますます火をつけてしまったらしい。彼女はこぶしを握って震えている。

さすがに見かねたらしく、優香がひなこの袖を引いた。

「あんた、マジで言ってんの？　クラス遠いから仕方ないけど、結構有名だよ」

「そうなの？」

こんなに綺麗なのだから有名なのも当然だが、優香が遠いと言うからにはおそらく階の違うD組以降の生徒なのだろう。

ひなこはどちらかというと、噂には疎《うと》い方だ。暇さえあれば勉強しているから学内のことはよく知らない。

楓の存在を認識していたのも、あくまで隣のクラスだったからだ。

壁が薄いから黄色い声はよく聞こえるし、同クラスの子まで騒いでいるため知りたくなくても情報が入って来る。

「外崎葵《とのさきあおい》、って名前を聞けば分かるかもね。成績表上位の常連だから」

「……あぁ！」

名前だけならすぐにピンときた。

外崎葵。常に上位十位以内を狙うひなこにとっては、よきライバルだ。

大抵は葵の方が上位なので、毎回彼女を超えることを目標にしていた。

「知ってます！　はじめまして、有賀ひなこといいます」

「いや今名乗る状況？　あんたも大概マイペースよね」

優香は心底呆れた様子だが、まずは改めて自己紹介からと頭を下げる。

「あの、できるなら争うより、ぜひ仲良くなりたいです。私、あなたに負けないぞって思いながらいつも頑張ってるんですよ」

美人なだけじゃなく頭もいいなんて、と尊敬の眼差しで見つめていると、ずっと俯《うつむ》いていた葵が顔を上げた。

「お前ら、前回の中間テスト、やけにいい点数だったようじゃないか」

「あぁ、あれは……」

楓に指導してもらった結果、テストで上位に食い込めたことは記憶に新しい。

ピクリと口端を引きつらせる葵の表情は、どこか不穏だった。

「おかげで僕は十位という散々な結果だった。生まれて初めての二桁順位……お前らにこの屈辱《くつじょく》が分かるか……?」

「そんなの、私達の努力の成果だし。慢心して十分に勉強しなかったのは自業自得でしょ。何? それが決闘の理由だとしたら、完全に逆恨みじゃん」

相変わらず優香は歯に衣着せない。

逆恨みという部分には全面的に賛成だが、小心者のひなことしては、もう少し平和的な議論を心がけたいところだ。

「優香、そんな言い方はよくないよ。外崎さんが慢心してたとは限らないし……」

「慢心していた」

「え」

とりなそうとすると、まさかの本人からの肯定が返ってきた。

「いつも通り勉強していれば楽勝だと思っていた。慢心していたんだろう。だから次の期末テストは絶対に負けんと決めた。だが、それまでの二ヶ月、僕は負け犬のまま過ごすのか？　いいや、耐えられん！」

なんだか口調が芝居がかってきた。

「ミスコンで僕が完膚《かんぷ》なきまでにお前らを叩きのめし、少しでも憂さ晴らしをする！そうだ、逆恨みの八つ当たりだ！　だが絶対に逃がさないぞ、僕のために！」

なんて理不尽さ、そして悪びれなさなのか。呆れすぎて脱力しそうだ。

半眼になったひなこの袖を、優香が再びつんと引いた。

「ちなみにあんた勘違いしてそうだから言っとくけど、あいつ男だからね？」

「……ええええええ!?」

確かに先ほどから、一人称は『僕』だったけれど。

御園学院はかなり自由な校風だ。

学業に支障がなければ髪を染めることも許されているし、男子がスカートを、女子がスラックスを着用することも校則で認められている。

だが、ここまで違和感なく着こなす男子生徒がいたとは。

気が付けば人だかりができていて、ひなこ達は逃げるように教室に戻った。トイレはともかく、ジュースなどのんきに買っていられる状況じゃない。

「なんで私がミスコン……」

机にへばりつくひなこを見下ろし、優香は可愛らしく小首を傾げる。

「本人も言うように逆恨みだから、どうしようもないわよ」

「優香が喧嘩《けんか》を買わなければ済んだ話だと思うけど」

「だって私、負ける気しないし」

けろりと答える彼女に罪悪感は欠片も見当たらない。

ただ巻き込まれただけのひなこは、ミスコンのエントリー申請が本人以外でも可能なことを嘆くしかない。実行委員会の緩さがひどすぎる。

「出たくもないミスコンに出て、みんなの前で完膚《かんぷ》なきまでに負ける……うん。確かに八つ当たりとしては、効果抜群《ばつぐん》だね……」

優香はともかくひなこに勝ち目などあるはずもない。

最初から勝負にならないことは明白だが、数字ではっきり見せつけられたら受けるダメージは計り知れなかった。

「本当に有名なのよ、外崎葵。あまりに綺麗だからもう男でもいいって男子が多数。まぁぶっちゃけ入学当初からあの感じだから、男って知らない人も多いかもね。私はあいつと同じ中学、しかも同じクラスだったことがあるから知ってるけど」

「中学からあの格好なんだ」

「てゆーか、中学入学当初からああだったわよ。筋金入りよね」

他人事《ひとごと》のような優香を恨めしく見上げながら、ひなこは頭を抱える。今からでも断れないだろうか。

その時、甘い考えを遮るように教室のドアがけたたましく開いた。

「エントリーしたからな！」

外崎葵の声が高らかに響いたかと思えば、驚く間もなくピシャリとドアを閉め去っていく。たった数秒間のできごとに誰も対応しきれず、教室中が静まり返った。

「――し、仕事が早すぎる……」

ひなこは震える声で小さくうめいた。

一度エントリーすると取り消し不可らしいが、そんなところだけルールがきっちりしている実行委員はどうかと思う。いよいよもって退路がなくなってしまった。

「有賀、栗原」

ひなこが絶望していると、おずおず声をかけてくるクラスメイトがいた。

「今の、なんなんだ？　エントリーとか言ってたけど、一体……」

「……海原《うなばら》君」

海原湊太郎《そうたろう》は、御園学院には珍しいスポーツ特待生だ。

サッカー部のエースで、次期キャプテン候補と言われている。

爽やかで気配り上手、誰にでも気さくに話しかける性格と人懐《ひとなつ》っこい笑顔で人気らしい。楓ほどではないが自然と目を惹くほど顔立ちも端整だった。

――そもそも三嶋家を基準にするのが間違いなんだけどね。私なんか一緒にいるだけで空気みたいな存在感になってるしね。

ひなこが遠い目をしている間に、優香は湊太郎に詳細を説明していく。話が進むにつれて彼の顔は曇《くも》っていった。

「――そんな話になってるとは……大変だな」

湊太郎が気遣わしげにひなこを見つめる。

突き抜けた人達とばかり接していたから、当たり前の優しさが地味に身に沁みる。

逃れられないにしても、辛さを共有してくれる誰かに愚痴《ぐち》りたい気分だった。

「優香はともかく、私がミスコンに出たって失笑されるのがオチなのにね……」

「そんなことない！」

思いがけず強めに否定され、ひなこは目を瞬《またた》かせた。

「有賀は可愛いよ。優しいし努力家だし、料理も上手だし、他人の悪口とか全然言わないしさ。苦労してんのにいつも前向きでスゲーなって、オレ、ずっと……」

後半は口ごもってしまったが、ずいぶん長々と褒めてくれるものだ。

こぶしで隠している顔が若干赤いが、恥を忍んでまで言葉にしてくれた湊太郎の優しさに頬が緩む。

「そうだよね。出るしかないんだから、今さら愚痴《ぐち》ってもしょうがないよね。ありがとう、海原君。元気出てきた」

「いや別に、励ますために言ったつもりじゃなくて……」

「え、違った⁉　うわ、すごい勘違いしちゃった、恥ずかしい！　ごめんね！」

湊太郎は何か言いたげに口を開閉させていたが、やがてがっくりと項垂《うなだ》れた。

「……いや。励ますために言いました」

「つーか励ますにしろ海原、あんた中身の話ばっかじゃ意味ないっしょ。ミスコンに出るんだよ？　アホなの？」

優香がやたら楽しげに湊太郎をからかうと、彼は勢いよく顔を上げた。

「有賀は見た目も可愛いよ！」

「そんなの私だって知ってますー」

「──あの、二人とも本当にそんな無理しないで。逆に居たたまれなくなるから」

慰《なぐさ》めを強要してしまったようで恥ずかしく、ひなこは顔を覆って俯《うつむ》いた。なので、湊太郎が再びがっくりしていることにも気付かない。

相変わらずのスルースキルに、さすがの優香も同情を禁じ得なかった。

けれど周囲で話を聞いていたクラスメイト達も話に加わり始めたので、青少年の決死のアピールは報われることなく黙殺される。

「そういう話なら、模擬店も一位をかっさらって完全勝利したいところだな」

口を開いたのはクラスのムードメーカー的存在、大谷《おおたに》だった。

「そういう話ならって？」

「たしかミスコン優勝の景品は、学食年間フリーパスだって聞いたぞ」

模擬店優勝でもらえるのは学食の無料券だから、それを上回る豪華な賞品だ。ひなことしてはやはり魅力を感じないが。

「栗原さんの可愛さを生かせば、優勝もいけんじゃねぇ？」

「となるとやっぱコスプレっしょー！」

大谷を中心に男子達が盛り上がり始め、どんなコスプレをさせるか真剣に議論している。やるなんて一言も言っていない優香は、恐ろしく冷めた目で彼らを見ていた。

本人を置き去りに、男子の妄想はどんどん膨らんでいく。

警察官、看護師、意表を突いてあえてのセーラー服。巫女さん、メイド。いっそ水着はどうかと暴走し出したところで、ならば全部用意し、選んで着るシステムはどうかという画期的な意見が出た。

それに意外な食い付きを見せたのは女子達だ。

「いいかもね。男子用のコスプレも用意して、お客さんも着られるようにするとか」

「そんで一定以上注文したお客さんには、人気の店員とツーショット撮影とか！」

「なら私、海原君がいい！」

「私は北大路《きたおおじ》君！」

北大路咲哉《さくや》とは、穏やかで静謐《せいひつ》な雰囲気のクラスメイトだ。実家は茶道の家元をしているとか。

今度は女子達が、彼らにどんなコスプレをさせるかで俄然《がぜん》勢いづいた。

湊太郎はギャルソン、スーツ、普段着ているサッカーのユニフォーム姿もいいと盛り上がり、咲哉は断然私服姿が見たいと騒いでいる。

最終的には、いっそ普段の彼が絶対着ないであろうおしゃれ最先端な格好をさせて、デートをしたいという話に脱線していた。

咲哉の様子をちらりと窺《うかが》う。

彼は読書を中断して困ったように、けれど女子達の華やいだ様子を微笑ましげに見守っていた。

これだけ大騒ぎすれば注目が集まって当然だし、元々クラスのノリがいいのだ。

実行委員が決議をとり、ほぼ全会一致でコスプレカフェに決定した。


いつものように夕食を終え、それぞれがちらほら自室へと引き上げていく。

キッチンで明日の下ごしらえを終えた頃、雪人がようやく帰宅した。

「おかえりなさい、雪人さん。今日も遅くまでお疲れさまです」

「ありがとう。ただいま、ひなこさん」

玄関で出迎えるも、ひなこの表情は曇《くも》っていた。

「最近、本当にお仕事が忙しいんですね」

旅行から戻ってずっと、雪人は残業続きだった。本人は疲れている素振りを見せないが辛いに決まっている。

「雪人さんはすぐに無理をするから、心配です」

「大丈夫だよ。ひなこさんこそ、わざわざ遅くまで待っていなくていいんだからね」

「雪人さんが頑張ってるから、私も何かできることがしたいんです」

ひなこにできることなんて帰りを待つか、ごはんを作るくらいしかないのだが。

けれど雪人は嬉しそうに笑った。

「うちの可愛い奥さんは、本当に可愛いことを言うね。それだけで頑張れるよ」

「雪人さん……」

可愛いを重複使用されて、羞恥から咄嗟《とっさ》に怒れない。最近この手のからかいが通常運転なのは気のせいだろうか。

ひなこは動揺を隠しキッチンに向かった。

「何か食べて来ました？」

「食べていないよ。外で食べるより、ひなこさんが作るごはんの方がおいしいから。だから本当は、こうして待っていてくれると、すごく嬉しいんだ」

問えば、雪人は柔らかく目を細めて答える。もはや返す言葉もない。

ひなこは頬をカッカと熱くさせながら、ごはんの支度を始めた。

最近すっかり冷え込んできたので、今日は豚汁を作ってみた。

寒くなってくると具だくさんの豚汁が恋しくなるのはなぜだろう。

豚肉と人参、ささがきごぼう。こんにゃくは味染みがいいよう手でちぎる。

これにじゃがいも、またはさつまいもを入れるのが有賀家の豚汁だった。今回は定番の具だけに留めたが、みんなの意見を聞いて次回は挑戦してみたい。

「はぁ……おいしい。温まるね」

一息ついた雪人が微笑む。

気が緩んだ彼の笑顔は幼く、見ているひなこまで温かい気持ちになってくる。一人の夕食では寂しい気がしたので、自身の分のコーヒーも淹《い》れた。

「そういえば、文化祭の準備は順調？」

きのこの炊き込みご飯に手を伸ばしながら、雪人が聞く。

「模擬店はコスプレカフェに決まりました」

決まったはいいが、衣装をどう手配するかでかなり話し合いが難航していた。

ああいった服は本格的になればなるほど高くなるし、それを幾《いく》つも用意するのは予算的に無理がある。ならば布を購入して一から作るのはどうかという意見も出たが、凝った服をたくさん作るには時間が足りないだろうと却下された。

行き詰まったところで強引な打開案を提示したのは、優香だった。

彼女の父の伝手《つて》を頼れば、衣装を割安でレンタルできるらしい。

それでもまだ値が張るので尻込みしていたひなこ達に、優香は断言した。

『素人が作った縫製《ほうせい》のあまい服なんて着るつもりはないし、安い粗悪品だってあり得ない。私とひなこも着るんだから、せっかくなら可愛い方がいいでしょ。その程度の端金《はしたがね》ならお小遣いでなんとでもなるわよ』

高慢とも取れる発言にヒヤヒヤしたのも束の間、権力と財力を躊躇《ためら》いなく振るうお嬢様にクラスメイト達はなぜかいたく興奮し、異様な盛り上がりを見せた。

クラス中が文化祭ハイにでもなっているのだろうか。

優香もひなこと同じようにやる気がなかったはずなのに、いつの間にか中心人物に祭り上げられているという謎。

「……なんだか、すごいカフェになりそうですよ。私は裏方で本当によかったです」

『私とひなこが着るんだから』という友人の発言を気力で頭から締め出しつつ嘆息すると、彼は驚愕を浮かべた。

「え……もしかして、コスプレしないの？」

「しませんよ。……そんな顔したって絶対しませんから」

しおれた大型犬のような雪人を、先手を打って牽制《けんせい》する。

もしコスプレをすると言えば、こんなに仕事が忙しいのに無理を重ねて文化祭に来かねない勢いだ。自分の心の平穏のためにも雪人の体調のためにも、断固拒否しようと決める。

「きっとなんでも似合うのに。真っ白な総レースのワンピースとか、見てみたいな」

「雪人さん、私に白の総レースワンピはハードル高いです。……しかもそれ、厳密にはコスプレじゃないし」

カジュアルな服しか持っていないひなこには、とてもじゃないが手の届かない代物《しろもの》と言えるけれど。

「じゃあ、今度一緒に買いに行こうか。あなたに似合うものをプレゼントさせて」

「今、どういう流れで『じゃあ』になったんですか」

「以前約束したでしょう？　僕にブルジョアごっこをさせてくれるって」

顔合わせの食事会の時、確かにそんなことを言われたが、頷いてなどいなかったはず。やんわり強引なところは出会った頃から少しも変わっていない。

本気で実行に移されそうな気がしたので、ひなこは無理やり話題を戻した。

「お祭りって、準備の時が一番楽しいですよね。みんながどこかソワソワしている感じが、私は好きです」

全く楽しむつもりがないひなこさえ、少し気持ちが浮き立つような。

「去年は何をやったんだっけ？」

「クレープ屋さんです。生地を伸ばすのが結構難しいんですよ。家でたくさん練習したから、母が太って困るなんて……」

空気に溶けるように語尾が消えた。

するりと母を話題に挙げたことに自分自身驚き、口元を押さえる。

雪人はただ優しく見守っている。しばらくして、ひなこはようやく口を開いた。

「……不思議。こんなふうに、母との思い出を話せるようになるなんて」

穏やかな胸の内を確かめるように、静かな笑みを浮かべる。

「きっとこうやって、何もかも上書きされていくんですね」

母との思い出を、楽しく賑やかな日々が塗り潰《つぶ》していくようだった。

「……寂しい？」

いつもより穏やかな雪人の声は、夜の静けさに自然と馴染んだ。

「……はい。とっても寂しいです」

ひなこは、はっきりと肯定した。

「でも、寂しいと言えるようになりました。以前の私なら、きっと無理だった」

笑みさえ浮かべられる自分が不思議だった。心が凪《な》いだ海のように静かだ。

「怖かったんです。記憶が少しずつ、楽しい思い出にすり替わっていくことが。母を置いて、私はどんどん進んでいってしまう」

雪人と出会った頃のひなこは、それをとても恐ろしいことのように感じていた。罪悪に近しいものだと。

「ずっと、頑張らなくちゃって思ってました。焦るみたいに。でも今は、そんなふうに思いません。……私はとても幸せ者ですね」

しばらく微笑み合っていたが、すっかり食事をやめていた雪人に気付く。

「ごめんなさい、豚汁が冷めちゃいましたね。温め直して――……」

汁椀《しるわん》に伸ばそうとした手を、雪人の大きな手が包んだ。

「――大切に、するから。ひなこさん、これからも……ずっと」

「雪人さん……」

プロポーズめいた言葉に固まっていると、長い指が淡く手の甲を撫《な》でた。

どこか艶《なま》めかしい仕草《しぐさ》に、頬がカッと熱くなる。ひなこは慌てて立ち上がった。

「っ、わわわ、私明日も早いので！　お休みなさい！」

緩やかに拘束していた大きな手が、呆気なく離れる。

ひなこは追われているわけでもないのに、急いで階段を駆け上がった。

素早くドアを閉め、その場にズルズルとへたり込む。自分でも驚くほど、頬が熱をもっていた。

やはり楓だけじゃなく、雪人もおかしい。

からかう時には、いつもいたずらっぽい眼差しを向けられていた。

なのに最近は、反応を確かめつつも、どことなく甘さすら感じるような――

ひなこはおかしな考えを追い払うように頭を振った。

――いやいや、私達はあくまで仮の夫婦だし。……あぁ、豚汁、温め直すの忘れちゃった。コーヒーもそのままだし。というかもう、明日どんな顔で会えばいいの？

収拾がつかない頭の中は、まるで嵐でも吹き荒れているようだ。

体中が熱くて、今夜はなかなか寝付けそうにない。

◇◆◇

雪人との気まずさはいったん頭から締め出し、今は全力で文化祭に立ち向かう。

料理班としてロールケーキの種類を決めるという使命があるのに、彼のことを考え出すと手に付かなくなってしまうので、やむを得ないのだ。

材料費がかさめばケーキの単価は高くなる。コストを抑えるためには生のフルーツやクリームチーズのような、割高の食材はあまり使えない。

けれど種類が少なければ飽きられてしまうのではと、学校帰りにも悩み続ける。

いつも通る公園の遊歩道に差しかかったところで、ひなこは遠くに見覚えのある姿を見つけた。

「あれは、外崎君……？」

外崎葵はこちらに気付いておらず、何をするでもなくベンチに座っている。

何か面白いものでもあるのかと視線を追うが、葉が落ち始めた街路樹があるばかり。

気になるが声をかけるのは躊躇《ためら》われ、ひなこは何度か振り返りながらも帰宅した。

帰宅すると、三嶋家にしては本当に珍しいことに譲葉しかいなかった。

「ただいま。茜君と柊君は？」

「おかえり、ひなちゃん。柊は友達と遊んでるんじゃないかな？　茜は図書館だよ」

柊は門限ギリギリまで友達と遊んでいることが多い。茜も何日かに一度、市立図書館に本を借りに行く。

これが重なることはままあるが、譲葉がひなこより先に帰っているのはまれだ。

「譲葉ちゃん、テスト期間じゃないよね？」

目を瞬《またた》かせながら問うと、彼女はおかしそうに笑った。

「ＰＴＡの集まりがあるから、今日は短縮授業になったんだよ。繰り上げで部活も早く始まって、早く終わったんだ」

既にシャワーも浴びているようで、譲葉からは石鹸《せっけん》の淡い香りがした。

ひなこは着替えると、すぐにノートを開く。勉強のためではなく、未だ決まっていないロールケーキの種類を絞るためだ。

その様子を見て、譲葉がクスリと笑った。

「御園みたいな進学校が十一月に文化祭なんて不思議だよね。受験生は大変そうだ」

「学生生活最後の思い出って感じで、その時だけは勉強とか考えず楽しむの。その代わり、文化祭が終わったら切り換え早いよ」

「その方がいいかもね。ずっと受験のことばかり考えてると気が滅入《めい》るし」

譲葉の言葉には、そこはかとなく疲労感が漂っていた。現在の彼女はちょうど進路に迷う時期だ。

「えっと。譲葉ちゃんはもう志望校決まってるの？　やっぱり剣道の強いところ？」

「――正直悩んでる。剣道をやめるつもりはないけど、大学に行ってまで本気でやるのも辛いかなって。本当に他のことなんか手に付かなくなるから」

譲葉は、複雑な憂《うれ》いを帯びた瞳を見せた。

「ひなちゃんは、どうして御園学院に進学しようと思ったの？」

ひなこは天井を見上げ、微笑んだ。答えなんて一つだけだ。

「……母に楽をさせてあげたくて、ただそれだけ。もっと私のレベルに合ってる高校は、いくらでもあったんだけど」

毎日努力してなんとか食らい付いているが、母のためという思いがなければここまで頑張らなかったと思う。

「私も入れる自信なかったし、色々迷ったよ。――でも、御園の先輩と話して、絶対ここにしようって決めたんだ」

今の譲葉と同じ中学二年生の頃。友人と、御園の文化祭に行く約束をしていた。友人は当日になり風邪をひいてしまったけれど、ひなこは雰囲気だけでも知りたくて一人で足を運んだのだ。

少し覗いて帰る予定が客引きに追い回され、逃げ込んだのは空《あ》き教室。そこで、可愛い猫の着ぐるみの生徒と出会った。正確には、着ぐるみの頭だけを被った人。

彼は休憩中と言っていたけれど、明らかにサボっているようだった。

御園学院には真面目な人しかいないと思っていたから、かなり驚いたものだ。

彼とくだらない話をしている内に、母のためにと気負いすぎていたことに気付いた。

なんだかとても気が楽になって、こんな先輩がいるなら御園学院に入りたいな、と自分自身が思うようになったのだ。

「制服を着てたから在校生なのは間違いないんだけど、一度も会ったことないんだ。名前もクラスも聞かなかったから、もう卒業しちゃってるのかもしれないね。でもあの人のおかげで御園に入学して、いい友達とも会えたから、すごく感謝してるの」

「そっか……私も御園、狙ってみようかな」

譲葉の言葉で、志望校見学のために文化祭に来る子達もいるのだと、今さらながら気付く。かつての自分のように。

ならばひなこは、あの時出会った先輩のように、御園学院のよさを見せていくべきではないだろうか。

頭がいいのにやたらイベント好きな、自由で明るい校風を。後輩達が悔いのない学校選びをできるように。

文化祭を楽しみたくても勉強をおろそかにするわけにはいかない。

だからほどほどに頑張ればいいと思っていたけれど、それでは自分の都合しか考えていないことになる。

「よし、文化祭頑張ろう！　まずはロールケーキの種類、いっぱい考えるぞ！」

ひなこは新たな気持ちでノートへ向き合う。

定番のプレーンとチョコと抹茶以外にも、プリンやレアチーズ、メープルなどのスイーツ系からブルーベリーやオレンジなどのフルーツ系まで、ざっと五十近くのアイディアが出ている。

「みんなで意見を出し合ったから、選択肢がものすごく増えちゃったんだよね……。

材料費や手間を考えると三種類くらいがベストなんだけど、絞るのが難しくて。あまり手の込んだものは作れないし」

二人分の紅茶を用意していた譲葉が、カップをテーブルに置きながら興味深げに手元を覗き込んだ。

「この味とか、どうやって作るの?」

「プリン味はカスタードとカラメルがあれば、結構簡単に作れるんだよ。レアチーズはクリームチーズを買えばいいいし、ブルーベリーはジャムを混ぜて……ジャム?」

説明している内に、何かが閃《ひらめ》いた。

「――そっか、ジャムさえあればブルーベリーだけじゃなく苺も白桃も作れる。メープルだってシロップさえあれば……」

口の中で呟きながら、浮かんだ考えを形にしていく。

頭を悩ませていた難問が、少しのきっかけで解けていく時の感覚に似ている。

ひなこは目を輝かせながら、テーブルから身を乗り出して譲葉の手を掴んだ。

「譲葉ちゃん、ありがとう!　おかげでなんとかなりそう!　フレーバーだけ別で用意して、お客さんに選んでもらう形にすればいいんだね!」

好きなジャムを選んでトッピングするシステムなら、ほとんどの味が再現できる。

そのまま食べたい人もいるはずなので、追加料金という形が望ましいか。

「この案で相談してみる！　本当にありがとう！」

ひなこが重ねて感謝を口にすると、譲葉は苦笑した。

「私は何もしてないよ。ひなちゃんが思い付いたんだよ？」

「譲葉ちゃんがいたから思い付けたの！　一人だったら絶対無理だったよ！」

ニコニコしていれば、彼女の苦笑も綻《ほころ》ぶように笑顔へと変わっていく。

「ロールケーキ自体は、せいぜいプレーンとチョコ、あっても抹茶くらいがいいだろうね。フレーバーは十種類くらいあれば選ぶ方も楽しいよ。二個でも三個でも食べたくなるかも。チョコ味ならラズベリーとか、合うだろうね」

「あ、でも抹茶はジャムと合わせるの難しいかな。他の味にした方がいい？」

「あんこを用意すればいいんじゃないかな？　プレーンにも合うと思うし」

「そっか！　すごい譲葉ちゃん天才！」

ひなこは構想を勢いよくノートに書き付けていく。

それを微笑ましげに見つめながら、譲葉は口を開いた。

「文化祭、楽しくなればいいね」

目を合わせ、ひなこも満面の笑みを浮かべた。

「――うん！」

◇◆◇

果たして、ひなこの案は見事採用された。

調理班でフレーバーの種類を詰め、いよいよ今週末が文化祭というある日。

「……またいる」

ひなこは公園の遊歩道から、遠くのベンチを眺めていた。前と全く同じ場所に、葵の姿があったのだ。

今日もまた、何も面白くなさそうな仏頂面《ぶっちょうづら》で腕を組んでいる。一度は以前のように歩き出したものの、ひなこは数歩も行かずに立ち止まった。

「あの……」

気になるものは気になる。恐る恐る声をかけると、葵が振り向いた。

彼の視線は真っ直ぐで、余分なものを切り捨てるように潔《いさぎよ》いから身が竦《すく》む。まるでなんの覚悟も持たない者を断罪するかのようだ。

「突然すみません。外崎君、この間もここにいました、よね？　こんな寒い中何をしてるのか、気になってしまって」

迫力に負け思わず敬語になってしまう。

萎縮《いしゅく》するひなこなど気にもせず、葵はきっぱりと言い切った。

「ナンパ待ちだ！」

「……ええ～」

公園でナンパ待ちはないと思う。

本気なら人の多い場所でするべきだし、何より葵が偉そうにふんぞり返っているせいで、気になっても声をかけられないのではないか。

「えっと……その格好だと寄ってくるのは大抵男子のわけですから……つまりその、外崎君は男の子が好き？」

「安易な発想だな」

そこははっきりと否定された。

不躾な問いに対し不愉快になりそうなものだが、彼は平然としているし、嘘をついたという感じでもない。

短い付き合いだが、なんとなく彼の人となりが分かってきた。単に、心底どうでもいいと思っているのだ。

外崎葵は、必要なものと不要なものを明確に区別するタイプの人間なのだろう。

「自分の格好におかしなところはないか、客観的に調べるにはこれが一番だと思ったんだ。来《きた》るミスコンに備えてな」

「そんなことしなくても、友達に聞けばいいのでは？」

「全く関わりのない他者の評価だからこそ、有益なデータになるんだ。それに僕には友達なんかいない」

清々しいほど潔《いさぎよ》い言葉に、ある意味強い人だと尊敬の念すら覚える。

葵の切れ長の双眸《そうぼう》がひなこを捉えた。

「大体、こんなことを人に話したのは初めてだ。誰にも聞かれなかったからな」

しげしげ見つめたかと思うと、彼は何に納得したのかふむ、と頷いた。

「そこからいくと、お前は相当変わっているようだな？」

「……外崎君にだけは言われたくないです」

葵からの変人認定だけは受け取り拒否だ。ひなこはがっくりと項垂《うなだ》れた。
誰からも聞かれたことがないと言われれば、なぜ彼がこういう格好をするように
なったのか俄然《がぜん》気になってくる。
「なんで女の子の格好してるのか、聞いてもいいですか？」
純粋な好奇心からの質問だった。
葵のことだから趣味だ、とでも返すだろうと思っていたが、彼は視線を逸らして言
葉を濁《にご》した。
「……子どもの頃のトラウマだとか、そういう大した理由じゃない」
何気ない質問のつもりだった。彼ほど強い人間なら、何を聞かれても傷付かないだ
ろうという思い込みがあったのだ。
けれど誰にだって話しづらいことはあるし、強い人間が傷付かないわけではない。
ひどく傲慢な質問をしてしまったと、彼の態度で今さら悔やんだ。
「ごめんなさい。無理に話すことじゃないです。私、本当に失礼でした。外崎君の気
持ち、まるで考えてなかった」
慌てて謝るひなこを見て、葵の気持ちは逆に落ち着いたらしい。

頼りなげに彷徨《さまよ》わせていた視線を、今度はしっかりひなこに定めた。

「誰にも聞かれたことがなかったから、少し驚いただけだ。……やっぱりお前は相当変わっているな」

「だから外崎君には——いえ、もういいです。変人でもなんでも」

ひなこは乾いた笑いをこぼすに留めた。

葵が物思うように曇《くも》った空を見上げる。

鉛《なまり》のような鈍い輝きを放つ雲が、重く垂れ込めていた。

「本当に、大したきっかけなんてない。僕は自分が嫌いなんだ」

意外すぎて、ひなこは目を白黒させた。

客観的に見ても、これだけ容姿端麗で頭がいいなら、何を卑下《ひげ》することがあるのかと思ってしまう。

「昔クラスにいた、ガキ大将という野蛮民族にいじめられた。弱っちい、貧弱、ガリガリ、引っ込み思案、男らしくない。今思えばどうでもいい内容だが、当時の僕はそうからかわれるたびに息ができなくなる気がした」

暴力を振るわれることはなかったらしいが、葵はとても辛かったという。

やった方にその認識がなくても、された方がいじめだと思ったなら、それは正《まさ》しくいじめなのだ。

「ある時、姉の服を借りて登校した。奴らの態度は劇的に変わったよ。女になれば僕の欠点は、儚《はかな》げ、華奢《きゃしゃ》、控えめ、女らしい――全てが長所に変わったんだ」

葵はからかわれなくなり、それどころか急にちやほやされるようになった。

戸惑いはしたが、それからは女の子の服を着て登校するようになった。次第に学校に行く時だけでなく、普段着まで変わっていく。

家族もいじめがあることを知っていたので、我が子をあえて止めなかったという。

「だからこれは、僕の弱さの象徴なんだ。いい年をして、未だに男の格好をすることが、怖い。周囲の反応を考えたくない」

葵が初めて見せた笑みは、自嘲《じちょう》ぎみで弱々しく、儚《はかな》かった。

真摯《しんし》に耳を傾けていたひなこは、迷った末に口を開く。

「……それは、いつくらいの話ですか？」

「小学生の時だ。それからずっと僕はこんな感じでやってきた」

「じゃあ――もう大丈夫かもしれませんよ」

葵が怪訝《けげん》そうに顔を上げた。

こんなことは、ひなこが口を出すべき問題ではないかもしれない。

それでも話してくれたからには、彼と真っ直ぐ向き合いたかった。

「小学生の頃と今とじゃ全然違います。外崎君は背が高いし、顔も綺麗だし。今はもういじめられるようなこと、ないんじゃないかな？　むしろ女の子に騒がれそう」

楓のように取り巻き軍団でもできそうだ。

「その格好もとっても似合ってますから、やめた方がいいなんて言いません。でも、外崎君自身がもう嫌だと思っているなら話は別です。男の子の格好をしたって、外崎君は外崎君じゃないですか。みんな受け入れてくれると思いますよ」

葵が疑わしげに眉を寄せるから、ひなこは明るく笑い飛ばしてみせた。

「どっちかというと外崎君ってキャラが濃すぎるから、中身に気を遣うべきだと思うんですよね。見た目なんか二の次ですよ」

冗談のつもりで言ったのに、彼の目付きが鋭くなった。

「ふん。いつもヘラヘラしているだけの女かと思いきや、結構言うじゃないか」

「あれ、怒っちゃいました？　ごめんなさい、本気じゃないんです……ん？　というか、私の評価ひどくないですか？」

慌てて謝罪したが、むしろ自分も結構な言われようではないか。

間抜けな顔で考え込むと、葵は声を上げて笑った。遠くまで届きそうな、伸びやかで快活な笑い声。

彼の本物の笑顔は穏やかで優しかった。

その眼差しはちょうど今の空にある、雲間から射し込む柔らかな光のよう。

「悪い、冗談だ。お前への評価は本心だがな」

「そっちを訂正するんですか……」

「だが評価は改めた。お前は、そこそこいい女だ」

「それ、悪口を重ねただけだって気付いてます？」

そこそこいい女に改められた元々の評価がどんなものかなんて、考えたくもない。

ひなこは疲れ果てて頭を押さえた。

◇　◆　◇

ついに文化祭当日。

まもなく開場という頃、ロールケーキを焼き終えたひなこは優香に捕まり、なぜかギャルソン姿にされていた。

黒い無地のシャツに女子は同色の膝丈スカート、男子はスラックス。腰にはストライプのサロンエプロン。コスプレが映えるように、というコンセプトだ。

清潔感が第一なのでヘアアレンジができないことを優香は残念がっていたが、顔には薄くメイクまで施《ほどこ》されていた。

「お前、そこそこ可愛くなったなー。結構やるじゃん」

ひなこを見たクラスのムードメーカー、大谷が放った一言が、これだ。

そしてそれにならうように、肯定の声が続々と上がる。

「ホントホント。普通にいい感じ」

「クラスで一番可愛い女子ってくらいにはなったな」

「いや一番は確実に言いすぎだろ。三番目くらいじゃね？」

「どっちにしても、中の中が中の上までアップグレードしたことは確かだな」

――なんだろう。全く褒められてる気がしない……

野郎共が勝手に批評するのを、ひなこは虚ろに聞いていた。

メイクをしても評価はその程度。

自分で鏡を見てもそこそこだと思ったので、正当な評価であることは分かっている。目の覚めるような美人には程遠いことも。

だが、なぜだろう。人に言われると結構傷付く。

「そんなことないよ。有賀さん、すごく可愛いよ」

唯一褒めてくれたのは、心優しい北大路咲哉だった。

「フォローありがとう、北大路君……」

「フォローじゃないよ。本当に可愛いと思っているんだから」

男の子とは思えない、花のような笑顔に癒される。他の男子も少しは見習うべきだと思った。彼が女子から好かれる理由は、整った顔立ちのためだけじゃないのだ。

ひなこの心中をよそに、モテない男達の無神経な言葉は続く。

「でもミスコンはキッツいな。せめて学年で一番くらいにはなんねーと」

「栗原さんみたいに地域で一番はさすがにムリでもな」

「だなー」

「……そんなの私が一番分かってるよ！」

「――有賀？」

ついに我慢しきれず言い返したその時、同じようにギャルソンの格好をした湊太郎がやって来た。

女子と違い、男子のサロンエプロンは足首まである丈の長いものだ。

衣装班の女子はとにかく格好よさを優先させたらしい。

エプロンの長い裾《すそ》をさばく姿はなかなか様になっているが、彼は何やら衝撃を受けたように呆然としている。

「海原君？」

首を傾げ、背の高い湊太郎を見上げる。

なぜか彼は後ずさると、空色のカーテンで飾られた壁に後頭部を打ち付けた。

「あ、有賀……めっちゃ――うわ、やばい。化粧もしてる？」

彼の顔は真っ赤だが、他の男子の反応がこの有り様のためひなこは額面通りに受け取って落ち込んだ。

「やばいって……海原君、いい加減私だって傷付くんだよ……？」

「そういう意味じゃなくて！　あの……スッゲー可愛い」

湊太郎は決死の覚悟で本心を口にするも、あまりに弱々しい呟きが一番聞いてほしい相手に届くことはなかった。

「え？　ごめんね、聞こえなかった」

「……いや、なんでもないっす」

きょとんとするひなこに、今日も湊太郎は完敗した。

その一部始終を見ていた優香が、あごに手を当て悪役女優さながらに笑う。

「――なるほど、ある意味面白いわ。リトマス紙みたいなものかしら。元々ひなこに対して好意を抱いている男ほど、顕著《けんちょ》に反応するってとこ？」

ならば気になるのは、湊太郎以外で唯一ひなこをまともに褒めた咲哉だ。

優香は何食わぬ顔で彼に近付くと、計算され尽くした角度で微笑む。

「北大路は、ひなこのこと本当に可愛いって思った？」

「フフ、もちろん。栗原さんもとても素敵だよ」

「――チッ。結構食えない男ね」

優香はすぐさま笑顔を仏頂面《ぶっちょうづら》に切り替えた。

突然低くなった声にも物騒《ぶっそう》な言葉にも崩れない笑みが、物腰の柔らかさだけが咲哉の全てではないと如実《にょじつ》に表している。

「まぁいいわ。気になる奴はまだいるし」

気持ちを切り替え、優香はひなこの腕にぎゅうっとしがみついた。

「ひなこ！　せっかくだし持ち帰り用のロールケーキを、少し歩き売りしてみない？　お店の宣伝にもなるし、三嶋楓のとこにも行けるし一石二鳥だよ」

本来なら調理担当のひなこは、これ以上働く必要はない。

けれどせっかく丹精込めて焼き上げたロールケーキを少しでも多く売りたいのは山々なので、優香の提案には即座に頷いていた。

むしろそのために自分を着替えさせたのか、と一人納得する。

「でも、なんで楓君のところに？」

「あいつのところなら人だかりができてるでしょ？　利用しない手はないじゃん」

「なるほど。策士だね、優香」

楓がどんな反応をするのか間近で観察したいから、という優香の本音に、ひなこは全く気付かない。

それだけ、小首を傾げて笑う優香には、有無を言わせないものがあった。

ひなこ達が急ごしらえで売り子の準備を整えるのと、開場を伝えるアナウンスが流れたのはほぼ同時だった。

にわかに各クラスが活気づき、校内の雰囲気もますます熱を帯びる。

校門を目指して歩いてみれば、ちらほらと一般客の姿も増え始めた。

「とりあえず休憩までに、食べものは一通りチェックしておきたいところだよね」

「いや他にも色々あるでしょ。お化け屋敷とかライブとか――そうそう、三嶋楓のクラスは演劇だっけ」

「うん。確か演目は、『ロミオとジュリエット』って言ってたかな」

案の定出役を押し付けられた楓は、気の毒としか言いようがない。

「でも上演時間はまだ先だし、私達はあくまで仕事中だし、残念だけど観られないよ」

「私達の休憩の時、ちょうど午後の部が観られそうじゃない」

「私には、食べもの屋さんを制覇《せいは》するという崇高《すうこう》な使命があるから！」

「そこまで食にこだわるか？」

優香と軽口を叩いていると、前方に最近見慣れてきた葵の姿を発見した。

「外崎君」

振り返った物憂げな浴衣美人は、ひなこの格好に気付くなり顔をしかめた。

「有賀か。お前、化粧をしているな？」

頷くと、葵はあごに手を当てますます不機嫌そうに唸った。

「まずいな。確実に勝てる相手だと思っていたんだが……」

「――ちょっと。失礼な独り言、バッチリ聞こえてますよ」

ひなこは呆れて半眼になった。

クラスの男子にも言えることだが、もう少しオブラートに包んで発言しても罰は当たらないと思うのだが。

気を取り直したひなこは、彼の全身を眺める。

藍色地に線香花火柄の浴衣があまりに似合い、老若男女問わず振り返っていた。

けれど彼自身は周囲の視線など気にも留めていないようで、未だに台無し感が甚《はなは》だしいしかめ面のままだ。

「浴衣……もしかして外崎君のクラスも、コスプレカフェ？」

「馬鹿か。出しものはクラスごと重複しないシステムになっているだろうが。うちは縁日の屋台。輪投げだ水風船だ、色々あるぞ」

　縁日と聞いたひなこの瞳は一気に輝いた。

「もしかして駄菓子もある？　あとで遊びに行きたいな」

「好きにしろ。僕は接客しないぞ。この格好でうろつくだけでいいと言われた」

「……それ、戦力外通告じゃないですか？」

　葵の生かし方としては、ある意味正しいとも思うが。

「じゃあ、絶対遊びに行きますねー」

　手を振って別れると、ずっと黙っていた優香が口を開いた。

「……ちょっと意外だったわ。あんたってばいつの間にたらし込んだのよ？」

「たら？　仕込んでないけど」

　西京漬けにするとおいしいが、今日の夕食は残念ながら肉じゃがの予定だ。

　なぜ急にごはんの話なのかと目を瞬《またた》かせるひなこだったが、漂ってきたソースの匂いに疑問があっさり霧散していく。

「これはお好み焼きかな？　それともたこ焼き？　あ、焼きそばもいいよね！」

「……本気であんたの頭の中には料理のことしかないのね」

戦慄する優香の声は、様々な屋台に思いを馳せる食いしん坊には届かない。

彼女の目論見通り、楓のクラスの前に差しかかるとロールケーキが飛ぶように売れた。準備に追われる楓本人とは会えず優香は不満そうだが、ひなこは完売することができて非常に満足している。

ひなこは優香と共に、賑わっているだろう教室へと急いで戻った。

調理班は分担作業だったためあまり疲れていないし、何よりできることがあるなら手伝いたいと思ったのだ。

作業室として仕切られた狭いスペースに入ると、他の調理班の子達も働いていた。

「阿部《あべ》さん達も来てたんだ。私も手伝っていいかな？」

「もちろん！　助かるよー」

ひなこは手を洗い、すぐに作業に加わる。

優香がカフェフロアに出ていくと、どよめきが上がった。

ロールケーキを売り歩いている時に声をかけてきた客が集まっているらしく、待ってましたと言わんばかりだ。

さすが栗原さん、と誰かが呟き、みんなで目を合わせて苦笑した。

「次、プレーンロールに白桃ピューレとラズベリーソース。チョコロールは単品。それとミルクティにカフェオレお願いします」

注文を繰り返しながら入って来たのは、海原湊太郎だった。

「有賀!?　どうしてここに……」

ひなこがいることに驚く湊太郎だが、こちらもとても驚いていた。

なぜなら彼が既に先ほどまでのギャルソン姿ではなく、浅葱《あさぎ》色をしたダンダラ模様の羽織に袴《はかま》――新撰組の格好をしていたからだ。

「うわ……恥ずかしい。あんま見ないで」

「え、すごく格好いいよ。自信持って！」

サッカーで引き締まった体に、お世辞じゃなく似合っていた。凛々しい顔立ちをより精悍《せいかん》に引き立てているようだ。

湊太郎はぎこちなくひなこを見る。

その頬は恥ずかしさから燃えるように真っ赤だが、嬉しそうに笑った。

「有賀に言われると、照れる、けど……なら、頑張ろうかな」

「うん。海原君がコスプレしたらきっと盛り上がるよ。お店の売り上げにも繋がるだろうし。頑張ってね」

「おう」

会話を切り上げ、急いで注文された品を準備し始める。

小さめのココットを二つ用意し、白桃ピューレとラズベリーソースをそれぞれに入れる。プレーンのロールケーキと共に大きめの皿に載せワンプレートにし、ホイップクリームとミントの葉を添えれば出来上がりだ。

他のメニューも準備ができていたようで、湊太郎はすぐフロアに戻っていった。

次から次に舞い込んでくる注文を黙々とこなしていく内に、ひなこはなんとかペースに慣れてきた。

隣で同じ盛り付け係をする阿部香苗《かなえ》に話しかける余裕も出てくる。

「私が言うのもなんだけど、阿部さん、休まなくて大丈夫？」

朝からのロールケーキ作りで、疲れているだろうと思っての質問だが、いきいきとした笑顔が返ってきた。

「疲れてるけど、やっぱり自分が作ったものだし、反応気になるじゃない？　一日中空《あ》いてたって別に予定もないしね。衣装班の子も結構手伝ってるみたいだよ」

衣装班も当日は手が空《あ》くのだが、みな考えることは同じのようだ。

彼女達はカフェの制服に対する客の反応、そしてクラスメイトの着こなし方が気になるらしい。エプロンを締める位置はもっと低くしろだの、前髪をまとめた方が似合うだの、色々世話を焼いて歩いている。

こう見ると、ひなこと同じく予定のない人は意外と多いようだ。

「ちなみに小早川《こばやかわ》さんは大学生と付き合ってるから、今頃楽しいデート中。ホンット羨ましいわー。こういう時、彼氏欲しいなってめっちゃ思う」

「すごいね、大学生の彼氏！　なんか小早川さんっぽい！」

小早川美歩《みほ》の大人っぽい雰囲気には大学生の恋人が妙にしっくりくる。

あまり身近に付き合っている人がいないため、ひなこも興味津々だ。

「すごいって。有賀さんだって作ろうと思えばすぐできると思うけど」

「え。全くそんなことないよ。そもそも勉強ばっかりしてきたから、人を好きになるって感覚がよく分からないし……」

言われて真っ先に浮かぶのは、仮初《かりそ》めの夫である雪人の顔。

彼といると落ち着くし、穏やかな気持ちになれる。逆にからかうような言動をされた時などはドキドキしっぱなしだ。

けれどそれは、恋というのだろうか。自分の感情なのにしっかり掴めなくていつも持て余してしまう。

友達や家族に対する『好き』と異性に対する『好き』は、一体どう違うのだろう。

考え込んでいたため、「誰も好きになったことないんだ……」「海原、報われないね」「てゆーか少しも意識してないんだろうね……」と密やかな会話が交わされていることに、ひなこは全く気付かなかった。

「ひなこ、一緒にホール出よ」

優香が顔を出したのは、客足が落ち着いてきた頃だった。

ちなみに彼女もコスプレ済みで、今は紺色のセーラー服を着ている。

「いいよ有賀さん。このペースなら四人で回るし、ホールもちょっとは出てみなよ」

ひなこが遠慮する前に、さっさとホールへ追い立てられてしまった。

一緒に戦場を駆け抜けたような友情を勝手に感じていたので、ここまでさっぱりされると少し切ないが、カフェ内の雰囲気を知りたかったのも確かだ。

誘われるままホールに出てみる。まだ忙しそうだが、表面上はにこやかに接客できているようだった。

それでもコスプレを頼まれた人が抜けるとどうしても人数が足りないようなので、ひなこは分からないなりにできることを探す。注文を厨房に伝えたり、机の空《あ》いた食器を片付けたりするくらいなら、なんとかなる。

食器を運びクロスを整えていると、右側のテーブルの若者が立ち上がった。

その隣の客もちょうど立ち上がるところだったらしく、お互いの椅子が大きな音を立ててぶつかった。若者が態勢を崩し、飲んでいたジュースのグラスが反動で横倒しになる。

「あっ……！」

若者が慌てて立て直すも、グラスの底に僅かばかり残っていたオレンジジュースと氷が、テーブルクロスにこぼれてしまった。

一番近くにいたために、ひなこは真っ先に駆け付ける。

「お客様、大丈夫ですか？　お怪我はございませんでしたか？　お飲みものが衣類にかかったなんてことは――」

グラスの持ち主が焦った顔で振り返る。どちらのテーブルの若者も、気まずげな表情をしていた。

「だ、大丈夫です。でもあの、テーブルクロスが……」

彼が示した場所に、こぶしほどの大きさのしみが浮き上がっていた。

白いクロスにオレンジのしみは目立つが、ひなこは安心させるよう微笑んだ。

「付いたばかりのオレンジジュースのしみは、すぐに濡らせばほとんど残りません。念のためすぐに台所用の中性洗剤で洗いますので大丈夫ですよ」

説明するよりやってみせた方が早い。

ひなこはテーブルクロスの内側に乾いた布を滑り込ませ、しみができた箇所の上を濡らした布でとんとんと叩いた。すると少しずつ、オレンジ色が抜け落ちていく。

「本当だ……」

ホッとした様子に、ひなこも安堵する。

せっかく来てもらったのに、嫌な後味を残したまま帰って欲しくない。手を休めると、今度こそ丁寧に頭を下げた。

「店内狭くなっており、こちらこそたいへん申し訳ありませんでした」

ゆっくり顔を上げる。すると若者の一人が、なぜか驚いた様子だ。

「あれ？　もしかして、ミスコンの人、ですよね？　校門のところに写真が……」

指摘され、思わず顔が強張った。

学院の生徒だけでなく外部の人も投票可能なので、校門を入ってすぐの場所にミスコン、ミスターコン出場者の写真が大々的に貼り出されているのだ。

講堂入り口に投票箱が設置されていて、コンテストの前までいつでも投票できるようになっている。

もちろんエントリーしているのは整った顔立ちの人ばかり。飾られた写真を見て、自分のあまりの浮きっぷりが恥ずかしかったのは記憶に新しい。

「う……はい。お恥ずかしい限りです」

ミスコン出場の事情を知らない者からすれば失笑ものだろうと縮こまっていると、オレンジジュースを飲んでいた男の子が積極的に身を乗り出した。

「あのオレ、絶対投票しますから」

「私も！」

「オレだって！」

全員が我先にと口を開くので、ひなこは苦笑せざるを得なかった。客に気を遣わせ

えて何よりだ。

るとはなんとも申し訳ない。

「一応ミスコンなので、お客様が一番可愛いと思った方に投票するべきですよ。ですが、ありがとうございます。お気持ちだけいただきますね」

どちらのグループの若者もしきりに頭を下げていたが、とにかく笑顔で帰ってもらえて何よりだ。

他の客達にも一礼してテーブルを片付けていると、海老茶色の袴《はかま》姿の優香とバーテンダーのコスプレをした湊太郎が近付いてきた。

「ひなこ、ありがと。雰囲気悪くなっちゃうとこだった」

「本当に助かった。ありがとな」

小声で感謝を告げる彼らに、首を振って笑顔を返した。

「ううん。私は接客とかお会計は全然だから、少しでも役に立ててよかった。これ、裏にある予備のクロスと交換しちゃうね」

濡れてしまったテーブルクロスを抱え、ひなこは急いで備品置き場に向かった。

その後も些細《ささい》なトラブルは幾《いく》つかあったものの、なんとか無事に働ききった。

けれど想定以上の忙しさに、気付けばもう午後の三時を回っている。

結局、休憩など取れないまま一日目は終わってしまった。

接客疲れと空腹が頂点に達した優香が、ストを起こしかねない勢いだったため、翌日のスケジュールが早急に見直されたのだった。

◇◆◇

日曜日。文化祭最終日は快晴だった。

朝早く家を出るひなこを、雪人が見送ってくれる。正直二人きりはまだ緊張するものの、仕事があるにもかかわらず早起きしてくれた思いやりが嬉しい。

「じゃあ、行ってきます」

「行ってらっしゃい。楽しんでくるんだよ」

三嶋家の面々には、ミスコンに参加することは話していない。憂鬱《ゆううつ》な気持ちを押し殺してなんとか笑みを浮かべる。

「はい。一生懸命頑張る所存です」

「ひなこさん、それじゃあ新入社員の決意表明みたいだ」

クスリと笑われ、頬を赤らめる。

雪人の柔らかな視線に頬を撫《な》でられているような錯覚《さっかく》を覚え、いても立ってもいられなくなりそうだ。なぜ彼は笑みの一つとっても甘いのか。

「こうしてひなこさんを見送るのは何度目だろう。なんだか毎回新鮮で、幸せな気持ちになるよ。……あなたとなら、この先何年一緒にいても、こうやっていつまでも幸せに暮らしていけるんだろうね」

玄関の段差のため、いつもよりずっと上に彼の顔がある。

それだけでも目線を合わせづらいのに、ひなこはさらに俯《うつむ》いて顔を隠した。すごいことを言われすぎて頭がまともに働かない。頬どころか全身が熱かった。

「雪人さんがそうやってからかうせいで、勉強が手につかなくなって、受験に失敗でもしたらどうするつもりですか……」

「失敗しても、あなたはもう永久就職しているでしょう?」

契約結婚は永久就職とは言わない。

ひなこは頬を膨らませ、ふざける彼を睨む。恥ずかしさはどこかに飛んでいた。

「絶対またからかってますよね」

「本気なのに。それよりいいの、時間？」

「そうやってすぐ誤魔化そうと——ってあぁもう、今度こそ行ってきます！」

指摘通りだいぶ時間が経っていたらしい。ひなこは慌てて玄関を飛び出した。

昨日の二年B組の出しものの順位は、全体の三位だったらしい。

公式発表こそないものの、生徒会関係者からの情報なので間違いない。

この報《しら》せにB組全体が湧き、一日の始まりに気合が入った。

スケジュールを見直すにあたり、衣装班と調理班にも正式に声がかかった。

予定のないひなこや阿部香苗など、数名が手伝いに回る。予定外労働のため休憩については融通を利かせてもらい、優香と合わせてもらうことができた。

昨日の功労者である彼女は、なんと二時間の休憩をもぎ取ってみせた。

同じく頑張った海原湊太郎と北大路咲哉は不満を漏らさないので、クラス中が苦笑いだ。しかしそれだけで許されてしまうのがまた優香らしい。

「だって、二時間くらい休憩がないと三嶋楓のとこ行きづらいじゃん。劇観たら休憩が終わっちゃう」

「優香、まだ諦めてなかったんだ。そんなにお芝居好きだっけ?」

「見たいだけよ、色々ね」

意味深な笑みを浮かべる優香に、講堂へと引きずられる。これもまた確信犯だろうが、彼女は劇の開始時間に合わせて休憩を取っていたのだ。

楓のクラスは、昨日の投票で堂々の一位だっただけあり、講堂は既に人で溢れていた。観客の九割が女子なのはやはり楓の効果だろう。

開演前の期待に満ちた雰囲気の中、会場を見回していた優香がポツリとこぼした。

「なんか取り巻き軍団、少なくない? どうせ全員集合してると思ってたのに」

「言われてみれば……」

ひなこ達が取り巻き軍団と勝手に名付けた楓ファンは、全員で八名ほどになる。彼の舞台なら全員で最前列を陣取るのだろうと想像していた。なのに今は、せいぜい三、四人しかいない。

「休憩が取れなかったんじゃない?」

「あの女達が?」

自己主張が激しいだろうからそんなはずはない、という確信を込めて優香が返す。

そうこうしている内に少しずつ灯りが消えていく。窓に暗幕がかかっているので、講堂内は真っ暗になった。

パッと眩《まぶ》しいスポットライトが点《とも》ると同時に、静かに舞台の幕が開く。

いがみ合うキャピュレット家とモンタギュー家にはそれぞれジュリエット、ロミオという美しい子どもがいた。

二人は舞踏会で恋に落ち、その後、互いの家が仇敵《きゅうてき》同士だと知る。それでも変わらず恋を育んだが、最後にはすれ違いから命を捨ててしまう、という有名な悲恋の物語だ。

長い話なので映画の『ロミオとジュリエット』を脚本の参考にしたと聞いている。

もちろんロミオ役は楓だ。

長めの前髪を後ろに流しており、少し仕事モードの雪人と似ている。着る人を選びそうなフリルのシャツを難なく着こなす姿は、本当に貴族の青年のようだ。

ジュリエット役はA組で一番可愛いと言われている清楚な女の子で、繊細なドレスがよく似合っていた。

気だるげな楓の演技に色気があると騒ぐ女子もいるが、単にやる気がないだけだと思う。隣で優香も冷めた目をしていた。

ふと、舞台上の楓と目が合う。けれど客席は暗いし、ひなこ達はかなり後方にいるためきっと気のせいだろう。

物語は進み、ロミオとジュリエットが恋に落ちる場面。楓の声が講堂に響いた。

「――あなたがどんなに離れていても、たとえそこが最果ての海の岸辺だったとしても、私はあなたという宝を求め、危険を冒してでも旅に出ましょう」

今までと打って変わった迫真の演技に、誰もが息を呑む。

ひなこもひたすら楓に目が釘付けになってしまう。

――今、こっちを見てた……？

真っ直ぐな眼差しに射抜かれたように、胸の奥がざわざわと脈打っている。これは、苦しいのだろうか。

そこからは内容なんて頭に入ってこなかった。瞳はただ楓だけを追い続ける。

これではひなこまで取り巻き軍団に仲間入りしてしまいそうだと頭の片隅で考えた時、はたと我に返った。

――そっか。目が合ったって勘違いしたのも、ファン心理なのかも。

そう結論づければ、劇が終わる頃にはなんとか落ち着きを取り戻していた。

「脚本がしっかりしてたから面白かったね。衣装も凝ってて素敵だった」

「人気投票一位なだけあったわね。で、どうだった？　三嶋楓に惚れた？」

「うん、ファンになっちゃいそうなくらい」

「……それはなんか違う気がする」

感想を言いながら、二人は模擬店を回った。

クレープにたこ焼き、ワッフルを分け合って食べる。どれも出来立てで温かく、とてもおいしかった。

休憩時間が終わり、優香は悔しそうに教室へと帰っていった。

ひなこにはまだ一時間余裕がある。調理班と衣装班はフルで働かなくていいよう格別の配慮がされていた。

もちろん、ここからは本気の食べ歩きだ。

優香と二人じゃ回りきれなかった模擬店を全制覇《ぜんせいは》する意気込みで挑む。

とはいえ一人でいると、食べものの模擬店を巡る間も困っている人に目が行く。

はぐれた友達を捜す少年に付き合ったり、お年寄りの道案内を買って出たり。

けれどほとんど全員がひなこの顔を校門の写真で覚えているので、最終的には自分の方が困る羽目になった。

たくさんの食料を買い込むと、ひなこは以前楓とお弁当を食べた校舎裏を目指した。人目につかない場所でゆっくり味わうためだ。

校舎裏に近付くにつれ人影が減っていく。誰もいないだろうと油断していたら、何やら話し声がしてきた。

ひなこはピタリと足を止め、気配を殺す。

男女が言い争っているような、ただ事ではない雰囲気を察したのだ。

差し出がましいとは分かっているが、暴力沙汰に発展したら危ないからと耳を澄ませる。すると、片方の声は非常に耳馴染みのあるものだった。

校舎の端からほんの少し顔を出し、ひなこは目を見開いた。

――楓君と……取り巻き軍団の人？

話し声ははっきり聞こえない。けれど取り巻きの女子は、何か訴えているようだ。

楓は彼女の言葉を全て受け止め、苦しげな顔をしていた。

彼は今まで取り巻きの彼女達をぞんざいに扱っていたため、少し意外に思う。

女の子がすがり付こうとした。それを楓は、肩を掴んでやんわり押し留める。申し訳なさそうな顔で距離を取り、そして、深々と頭を下げた。

こちらにまで誠意が伝わってくるほど真摯《しんし》な姿勢に、ひなこは息を呑んだ。

——あの楓君が、あんなふうに謝るなんて……

あまりの衝撃に、脳が機能していなかったらしい。

近付く足音に我に返った時には、取り巻きの子が目の前にいた。

校舎の陰に潜んでいたひなこに驚いているが、慌てても今さら逃げ場はない。

彼女の目尻に浮かぶ涙に、にわかに罪悪感が込み上げる。悪意からでないにせよ、盗み見なんてするべきではなかった。

悄然《しょうぜん》と走り去る背中にかける言葉もなく、黙って見送る。

「——あんた、いたのか」

背後からかけられた声にギクリとした。

すぐ近くに、若干疲れた顔の楓が立っている。劇で着ていたフリルのシャツを隠すようにジャージを着ていた。

「ご、ごめん。そんなつもりなかったけど、結果的に覗いちゃったというか……」

肩が揺れた拍子に、戦利品が入ったビニール袋が音を立てる。そこでようやく、楓はひなこの大荷物に視線を落とした。

「……えらい買い込んでんな、あんた」

お好み焼きに焼きそば、フランクフルト、唐揚げ、ホットドッグに鶏皮ギョーザ、フライドポテトなどなど。デザートにはクッキーとパウンドケーキも買っていた。とても一人では食べきれないだろうが、全制覇《ぜんせいは》しないと気が済まなかったのだ。

衝撃的な量に思わずといったふうに笑うと、彼はふと肩の力を抜いた。

「少し、もらっていいか？　このあとまた芝居なのに何も食べてねーんだ」

正直余らせたくないから助かるし、劇の主役の忙しさを考えれば今から買って食べるような時間はないのかもしれない。

一も二もなく頷くと、いつかと同じく校舎に寄りかかり並んで座った。

二人の間に食料を広げながら、ひなこは先ほど観に行った芝居の感想を口にする。

「そういえば、劇見たよ。すごく感動した」

「そうか？　主役が適当な演技しかしないから、見ててつまんなかっただろ」

主役というのは、もちろんロミオを演じていた楓本人のことだろう。

「適当な演技って分かってるんなら、もう少し真面目にやればいいのに」

「いいんだよ、やりたくねぇ役やらされてんだし。客だって、どうせ劇の内容なんかどうでもいいだろうしな」

楓は皮肉げな笑みを浮かべた。

確かにあの雰囲気の中では、馬鹿馬鹿しい気持ちにもなるかもしれない。

必死に演じたところで彼女達が見ているのは『劇』ではなく『楓』なのだから。

「……でも、本当にちゃんと見てる人も、いるはずだから」

投げやりにならないでほしいだけなのだが、どう言い繕《つくろ》っても責めているように聞こえそうだ。ひなこはそれきり口を噤《つぐ》んだ。

しばらくは、黙々と食事を続けた。楓もいつもの軽口を叩かない。

――まぁ、あんなやり取りのあとじゃね……。

先ほどの修羅場を思い出し、ひなこはチラリと隣を盗み見る。

どういう経緯だったのか聞くのは野暮だろうか。彼らの間に込み入った事情があるならば、安易に立ち入るべきではない。

何度か躊躇《ためら》っていると、楓が呆れ声を上げた。

「あのな、聞きたいことがあるなら普通に聞きゃいいだろ。今さら変に遠慮すんな」

「え。楓君、なんで私が考えてること分かったの？」

「分かりやすすぎるんだよ。あんたの頭の中は食に関することが八割で、他人への優しさが二割だしな」

食八割はさすがに誇張《こちょう》しすぎではないかという抗議を、ひなこは呑み込んだ。

彼の横顔に、どこか覚悟のようなものが秘められている気がしたのだ。

「さっきの、あんたが言う取り巻きの一人なんだけど。……そういうの、もうやめてほしいって、今まで悪かったって言ったんだ。今、一人一人に謝って回ってる」

楓の取り巻きが少ないことを指摘した、優香の声を思い出す。

たまたま集まりが悪かったのだろうと流していたが、そうではなかったらしい。

「なんか、急だね。今まで好きにしろって感じだったのに」

彼女の涙を見たせいか、少し非難がましくなってしまった。散々期待させておきながら、手の平を返したように相手の心を踏みにじるなんて。

けれど彼はあくまで淡々としていた。

「それじゃ駄目って気付いたんだよ。付き合えとか我が儘《わがまま》言うわけじゃねぇから、まとわり付かれても気にしてなかった。でもその考え方自体間違ってた。関心がないから好きにしろなんて、誠実じゃない。あいつらにどれだけ失礼な態度だったか、ようやく分かったんだ。だから勝手だと泣かれても、清算しなきゃいけないと思った」

突然態度を翻《ひるがえ》された彼女達からすれば戸惑いもあるだろうし、傷付くだろう。けれど彼の言い分は正論に思えたし、そもそもひなこに口を出す権利はない。

黙って聞いていると、楓は焼きそばの残りをかき込んだ。

そしておもむろに体ごと振り返り、向かい合う体勢になる。射抜くような眼差しが劇での彼と重なった。

「欲しいものがある」

真剣な声音はいつもより低い。

「前にも話しただろ。一番欲しいものには、いつ手を伸ばしていいのか分からなくなるって。俺は臆病《おくびょう》で、ずっとずっと、ただ見てるだけで……誰かに奪われるなんて想像もしてなかった。悔しかった」

内容は要領を得ないが、本気であることだけは痛いくらい伝わってくる。

切れそうに鋭い視線にさらされているだけで、胸の底がざわついて仕方ない。

「だから俺は変わらなくちゃいけない。今のままじゃ駄目なんだ。変わらなくちゃ、手に入らない。求める資格もない」

いつの間にか、楓との距離はずいぶん狭まっていた。

彼の瞳の中に、間抜けな顔をした自分が映っている。ひなこはそれを頭の片隅で冷静に観察しながらも、動けない。

楓の手が、躊躇《ためら》いがちに伸びてくる。今まで何度も戯《たわむ》れに触れてきたわりに、まるで怯《おび》えているような仕草《しぐさ》だ。

彼の指先が恐る恐る、壊れものでも扱うみたいに髪を一房すくい取った。

その瞬間の泣きそうな、どこかホッとした笑顔。

「その格好も、化粧も……よく似合ってる」

ひなこが呆然としている内に、彼の姿は消えていた。

去り際、立ち上がった拍子に楓の手の平からこぼれ落ちた髪がフワリと舞い、その残像がひどく目に焼き付いた。

◇◆◇

その後どう戻ったか記憶になくても、本能が遅刻を許さなかったらしく、十分前には教室までたどり着いていた。

まずはフロアで働くことになっている。

優香に怪しまれる前に動揺を鎮めておこうと、深呼吸しながらドアを開ける。

フロアで働くクラスメイトの視線が一気に集まり、裏口じゃなくお客様用の出入り口を使ってしまったことに気付く。

「し、失礼いたしまし――⁉」

慌てて身を翻《ひるがえ》そうとすると、腰の辺りに弾丸の勢いで何かがぶつかってきた。

一瞬息ができなくなったひなこは、弾丸の正体に気付いて目を丸くする。

「柊君⁉」

「来てやったぞ、ひなこ！」

ひなこにしっかり抱きついたまま嬉しそうに笑うのは、柊だった。

その向こうには茜、譲葉もいる。そして――

「よかった。今ちょうど、あなたのクラスに来たところなんだよ」

硬直するひなこは、楽しげに近付いてくる人を凝視した。

「ゆ、雪人さん……」

仕事で忙しいはずの雪人の姿に、幻でも見ているのかと我が目を疑う。

文化祭に来るなんて夢にも思っていなかったが、彼の表情はまさにいたずらが成功した子どものそれで。

唐突に気付いた。

ひなこを驚かせるためにあえて黙っていただけで、元々遊びにくる予定だったのだ。何食わぬ顔で送り出しておきながら。

よく考えれば旅行に行く時も、休暇をもぎ取るため仕事を前倒しにして連日残業していた。あれと全く同じことだったのに、なぜ気付かなかったのだろう。

呆然とするひなこを覗き込む彼は、この上なく楽しそうだ。

「びっくりした？」

「雪人さんがあまりにサプライズ好きでびっくりしてます……」

「フフ。お褒めいただき光栄です」

「褒めてませんから」

譲葉と茜は申し訳なさそうにしていた。

「ごめんね、驚いたでしょう？　私も知らなかったんだ。部活終わって帰ろうとしたら、校門前まで父さん達が迎えに来てて」

彼女が制服を着ているのはそのせいらしい。

有名女子校の制服を着る凛とした美少女に、誰もが色めき立っている。

入り口付近に寄り集まっていると、優香が遠慮がちに口を挟んだ。

「ひなこ、そちらの方は……？」

ひなこはきょとんとした。

そういえば彼女は、三嶋家兄弟とは顔見知りだが、雪人とは初対面だった。

「あ……三嶋家がうちの母の遠い親戚で、お母さんが死んだ時、その縁でハウスキーパーとして雇ってもらったって話は、前にしたよね？　この人が、雇ってくださった三嶋雪人さん。楓君達のお父さんだよ」

雪人が考えたご近所さん対策の言い訳がとても役に立っていた。

徹底的に刷り込まれているため、嘘の苦手なひなこでも淀《よど》みなく話せる。

けれど、説明を聞く優香より過剰な反応をみせたのはクラスメイト達だった。

「うっそ！　三嶋楓のお父さん⁉」

「若い！　めっちゃイケメン！」

「てゆーか、じゃあこの子達はみんな兄弟ってこと⁉」

「妹ちゃん美人！　有賀頼む、紹介して！」

クラスメイトも利用客も大興奮の中、一人白い顔をするのは湊太郎だ。

彼の目は、ひなこの隣で微笑む雪人に釘付けである。

「有賀……ハウスキーパー、してるの？　三嶋楓とか、この人のとこで？」

雪人は、ひなこの肩をさりげなく抱き寄せながら極上の笑みを浮かべた。

「我が家にとって、もはやひなこさんは家族も同然なんです。どうぞこれからも友人として、仲良くしてあげてくださいね」

やたらと悲愴感を漂わせる湊太郎には目もくれず、彼は魅力的な笑顔のままひなこを見下ろした。

「早速なんだけど、あなたにどんなコスプレをしてもらえるか、選べるのかな？」

「――え。わ、私はコスプレなんて……」

「あれ？　店員さんに拒否権はあるの？」

「うぅ、ないです、けど」

ひなこはサッと青ざめた。まさか自分がコスプレを頼まれるとは露ほども思っておらず、すっかり油断していた。

「そうだ、なんなら二人でお揃いにしようか。たとえば新郎新婦なんてどう？」

「――雪人さん。夕ごはんのおかずが一つ減ってもいいんですね？」

契約結婚を匂わせるような発言を封じると、彼の表情がとろけた。

「フフ。うちの可愛い人は手厳しいなぁ」

脅しにも嬉しそうにするから、どこか残念臭がするのだろうに。

うっかり脱力しそうになるが、それでもいつものように『奥さん』と呼ばないだけ気遣いに感謝すべきなのか。

そこで、優香が待ってましたと言わんばかりに挙手をした。

「はい！　私、ひなこのコスプレは小悪魔がいいと思います！」

「有賀が小悪魔？　どうせなら、天使の方が似合うんじゃ……」

ノリノリの優香に対し、湊太郎は訝《いぶか》しげに首を傾げる。

ひなことしては、どっちにしてもなんの罰ゲームだという心境だった。天使が似合うなんて、湊太郎の目が心から心配だ。

優香の案を吟味《ぎんみ》していた雪人が、深く頷いた。

「……ふむ。小悪魔は意外性があって、いいかもしれないね。似合いそうだ」

「ですよね！　すごい三嶋パパ、ひなこの魅力がよく分かってるー！」

興奮した二人が固い握手を交わした。

最強の同盟が組まれ、きっと誰にも彼らを止められないだろうと悟る。この場合ひなこに人権はないようなものだ。

「衣装に合わせてメイクも変えなきゃね！　唇は思いきって赤にして、眉ももっとシャープな印象にした方がいいかも！　アイラインできつめのキャットアイにして……うん、きっと挑発的でいい感じになるわ！　これで緑のカラコン入れたらもう完璧なのにー！」

「目も悪くないのにコンタクトなんてしないよ」

「はいはい。ひなこってば考え方古いよねー」

「ごめんね、若くなくて」

いつもの調子で優香と言い合っていると、やっと体を離した柊が爆弾を投下した。

「どうせならそのまま出ちゃえばいいんじゃね、ミスコン？」

　ひなこは再び固まった。

　三嶋家の面々には言わずにいたが、あれだけ大々的に校門に張り出されていれば、ミスコン出場がばれるのも当然だろう。

　何か言い訳しようにも、その前に優香がギラリと瞳を光らせた。

「それ採用！　じゃあ私もひなこに合わせて天使のコスプレしちゃおっ」

「……栗原の方が、どっちかというと小悪魔なんじゃね？」

「うっさい海原！　ひなこ、ギャップ萌えが分からないような奴は放っておいていいから、一緒に着替えよ！」

　反論の余地もなく話がまとまってしまった。

　素早く用意された衣装と小物を押し付けられ、乾いた笑みしか出てこない。

　着替えとメイクを終えてフロアに出ると、優香が手を叩いて注目を集めた。

「はい注目ー！　テーマは『天使な悪魔』と『悪魔な天使』です！」

　ひなこは赤くなりながら、心許《こころもと》ないスカートの裾《すそ》を押さえた。

　黒のチュールスカートは膝丈なのに、パニエでフワフワに広がっているため太ももまで見えてしまっている。

デコルテが大胆に開いたビスチェ風トップスは黒色。小さな角が生えたカチューシャと編み上げのロングブーツも黒で、幅のあるエナメルベルトの赤が全体のアクセントになっている。背中にはご丁寧に蝙蝠《こうもり》のような羽根まで装備していた。

一方優香はパールホワイトの、目にも眩《まぶ》しいシフォンドレスだ。

体型を隠すようなシルエットだが、かなり際どい丈感のため幼すぎるという印象はない。足元はヒール付きの、ラビットファーのショートブーツ。

頭を飾るのは生花と見紛《みまが》う花冠で、背中にはふわふわの天使の羽根。長い黒髪も巻いており全体的に柔らかい印象だ。

堂々とした優香に比べると、頬を染め頼りなげに視線を彷徨《さまよ》わせるひなこはなんとも庇護欲をそそった。

「こ、これがギャップ萌え……」

湊太郎が真っ赤になった顔を隠しながら、驚愕の声を上げる。優香は何やらしたり顔で頷いていた。

「よーし、一緒に写真撮ろ！」

親友がいそいそスマートフォンを構えると、雪人はスッと手を差し出した。

「よかったら私が撮りましょう。その代わり、あとで何枚か撮らせてくださいね」

「もっちろんですよー！」

笑顔の二人の間で、何やら黒い契約が交わされている。

その傍ら、湊太郎は驚くべき早さで裏方に駆け込むと、素早く戻ってきた。

彼の手にはばっちりスマートフォンが握られていて、気が付けば他のクラスメイトや客まで各々カメラを構えている状態だ。

この恥ずかしい姿が画像として残ってしまうかもしれないと慌てて逃げ出したひなこだったが、優香に腕をがっちりとホールドされる。スマートフォンに笑顔を向けつつ、友人は恐るべき腕力を発揮していた。

せめてもの抵抗として俯《うつむ》くひなこに、雪人がクスクスと笑う。

「せっかくの記念写真なんだし、こっちを向いてほしいな」

「私も、可愛いひなちゃんをもっとたくさん見たいよ」

彼の隣で、譲葉もキラキラと目映《まばゆ》い笑みを浮かべながら促す。周りの女生徒まで黄色い悲鳴を上げているのはある意味必然と言えよう。

「ひなこー……」

「……ひなこさん」

雨に濡れた仔犬のような柊と茜の声まで追ってきて、ひなこは遂に観念した。

ゆっくり顔を上げる。途端、ここぞとばかりに連続でたかれる無数のフラッシュ。

──なぜ、こんなことに。

ぐっと温度を上げた教室で巻き起こる異様な光景に、ひなこの精神力はどんどん削られていくのだった。


『──ミスターコン・ミスコンは皆さまの投票と、審査員を務めていただく先生方の採点、その合計ポイントの高い者が優勝となります！　投票は一票につき一ポイント、先生方は一人最高十ポイントを加算できます！　もちろん今からでも投票できますので、会場脇の投票箱にじゃんじゃんお願いしますね！』

MCの男子生徒が合いの手を求めると、ノリのいい観客達が声を上げて応える。

会場いっぱいに熱気が渦巻き、雰囲気は最高潮にまで高まっていた。

ステージに向かい右袖にある用具室が男子出場者、左袖が女子出場者の控え室だ。

女子用だけあって、普段は殺風景で薄暗い用具置き場が様変わりしていた。複数の鏡台と姿見も搬入《はんにゅう》されていて、鏡台の上にはヘアアイロンやティッシュボックス、コットンや綿棒などのアメニティが充実している。照明もとても明るい。

女子は準備に時間がかかるため、最初にミスターコンが行われる。盛り上がりの観点からいっても妥当な順番だった。

コンテストが始まる前に控え室入りしていたひなこは、歓声を聞きため息をつく。腹を決めたつもりでいたが、集まっている人数を見ると尻込みしてしまう。にわか撮影会が終わる頃にはミスコン出場者の集合時間が迫っていて、結局ひなこはコスプレをしたままだ。

雪人が貸してくれたジャケットを着ているため、移動中はそれほど気にならなかったが、どう考えてもこの格好はまずい。失笑を集める予感しかしない。

もう一度深いため息をつくが、慰《なぐさ》める者はいない。優香は鏡台に座り、入念に髪とメイクのチェックをしていた。

『エントリーNo.5、この学校で彼を知らない人はまずいないでしょう！　運動神経抜《ばっ》群《ぐん》、学業優秀、完全無欠のイケメン二年A組三嶋楓ー！』

会場を、一際大きな歓声が包んだ。

おそらく取り巻き軍団にでも勝手にエントリーされていたのだろう、ＭＣとのすこぶる不機嫌そうな会話が聞こえてくる。

「おい」

片隅の椅子で小さくなっていたところに声をかけてきたのは、浴衣姿の葵だった。

コスプレをしたひなこを一瞥《いちべつ》し、にやりと不敵に笑う。

「なんだかんだ気合が入っているようだな」

「いや……似合わないのは分かってるんですけどね」

「そうか？　僕はなかなか似合うと思うがな。それより、有賀ひなこ。遊びに来ると言っておきながら、お前うちの教室に顔を出していないだろう」

腕を組んで不満をあらわにする葵に、ひなこは目を瞬《またた》かせた。

「──え。もしかして外崎君、ずっと待っててくれたんですか？」

「……別に。どうせ暇だったしな」

歯に衣着せないから誤解されやすいが、彼が繊細で優しいことは知っている。

だからこそ気付けた葵の律儀さに、頬が勝手に緩んでいくのを感じた。

「ごめんなさい、外崎君。りんご飴とか駄菓子っておみやげにできるから、ミスコンが終わったあとに行こうと思ってたんです」

柊や茜が喜びそうだと思ったのだ。結局彼らも今はこの会場にいるわけだから、おみやげなど必要なかったのだが。

「気にかけてくれて、ありがとう」

ひなこが笑うと、葵は照れくさそうに目を逸らした。

その時、扉の向こうで大きなどよめきが起こった。

審査員を務める五人の教師が楓の採点結果を発表したところらしく、明るいＭＣの声がホール中に響く。

『なんということでしょう！　十点、十点、十点、十点、十点……満点です！　ここに来て最高得点が出ましたー！　いやさすがとしか言いようがないです！』

思わず葵と目を合わせる。

彼の目にも、驚愕を突き抜けた呆れのようなものが浮かんでいた。

「三嶋楓で決まりだろうな。最初から分かりきっていたことだが」

会場に視線を戻し、葵がため息と共に呟く。その横顔はとても綺麗だ。

「……外崎君が出てたら、楓君と票を二分してたと思いますけどね」

葵が男の格好でミスターコンに出場していたら、結果は分からなかっただろう。ミスコンもミスターコンも優勝圏内というのはある意味すごい。

「三嶋楓とは知り合いなのか？」

「え？」

「僕は『外崎君』なのに、奴のことは『楓君』と呼んでいる」

答えに窮《きゅう》したのは、ひなこに身寄りがないことは葵の耳にまで届いていないのに、わざわざ言いふらす必要があるのかと思ったからだ。

けれどそこを隠すと、楓との接点はなくなり非常に説明しがたい関係となる。

「その……知り合い、のような感じです」

「そうか。では僕のことも『葵』でいい。敬語もいらない」

微笑む葵は、漆黒の夜空に輝く三日月のような清廉《せいれん》さだった。

距離が縮まったようで嬉しくなりながら、ひなこも笑い返す。

「分かりました。葵君、ですね……だね。うーん、慣れてしまったので、敬語は少し時間がかかりそうです」

「少しずつ変えていけばいい」

「じゃあ、私のこともこれからは普通に呼んでください。葵君にはずっと名字かフルネームでしか呼ばれてないから」

葵は片眉を跳ね上げると、躊躇《ためら》いがちに口を開いた。

「……ひなこ？」

「はい」

微笑んで頷くと、彼はぎこちなくそっぽを向いた。耳の先が赤くなっているのは気のせいじゃないだろう。

「……僕も、時間がかかりそうだ」

「葵君も少しずつ……だね」

そうこうしている間にも楓の圧勝ムードが漂ったままミスターコンは終幕し、いよいよミスコンが始まった。

『ミスコン出場者は五名、いずれ劣らぬ美女ばかり！　みなさん瞬《まばた》き厳禁ですよ！』

大げさな言葉で盛り上げるＭＣに、拍手やはやし立てる声が返る。

『ではエントリー№１、一年生の中では一番可愛いと囁かれている期待のホープ！

『小川梨理奈《おがわりりな》ー！』

MCに紹介されたのは、大きな瞳が印象的な、背の低い女の子だった。

ピンクがかったチェリーブラウンの長い髪は、彼女の愛らしい雰囲気によく似合う。

メイド服を着ていて、それが可愛らしさに拍車をかけていた。

『梨理奈ちゃんは特技とか、みんなに自慢したいことはあります？』

『自慢というほどではないんですけど、お菓子作りが趣味で、お休みの日にケーキとか焼いて、いつもSNSにアップしてます』

恥ずかしそうにしながらも、しっかり受け答えをする一生懸命さがいじらしい。

可愛い子だな、と舞台袖で見守るひなこの隣で、優香が不快げに舌打ちした。

「料理できますアピールとかウザ。絶対自分のキャラ分かってやってんじゃん。必死か。あーゆうタイプ男受けはいいけど、同性からは嫌われるわよねー」

「え。えっと、じゃあ私も料理が好きだから、同性から嫌われちゃう……？」

憎々しげな批評に冷や汗をかいた。

仲良くしている裏で男受け狙いと思われていたなら、ものすごく傷付く。

びくびく怯《おび》えるひなこを、彼女は呆れた顔で見遣った。

「ひなこは天然じゃん。しかも作るだけじゃなく食べる方もガッツリだし。あれ、ぶっちゃけ男女問わず引くから。私はあんたのそういうところも好きだけどね」

「そっか。優香に嫌われてないならいいや」

ホッと胸を撫《な》で下ろすひなこを、優香はなんとも物言いたげに見ている。

すると、背後からクスクスと忍び笑いが起きた。

「あなた達の会話、おっかしいわねー」

そこにいたのは五人目のミスコン出場者、白石美那《しらいしみな》だった。

「でも白石先輩だって、あの子計算してるって思いません？」

美那のあまりの綺麗さに若干気後れしていたひなこは、気軽に話しかける優香の対人スキルに感心してしまう。

一つ上の学年の白石美那は、知的な美人だった。

静かな笑みは清水のように澄んでいるのにどこか艶っぽさもあって、優香が入学するまで男子の人気を独占していたらしい。

気取らない性格と頼れる一面もあるため、女子からも同じように好かれている。人間性も優れているのだ。

「まぁ、確かにあれはあざとすぎるわね。男子は鈍いから気付いてないと思うけど」

「本当にボーっと生きてんじゃねぇって感じですよね」

こういうところが男女共に好かれる要因だろう、美那は意外にもノリがいい。

とはいえ、なぜ去年は出ていないのに、今年のミスコンに参加したのだろう。

優香も同じことを考えていたようで、直接本人に疑問を投げかけた。

「白石先輩は、どうしてミスコンに？」

「高校最後の思い出にね。あと、栗原さんがエントリーしたって聞いたから」

ニコリと意味深に微笑む美那に、二人は揃って瞬《まばた》きした。

「今まで二大巨頭とか言われてきた私達が、正々堂々と真っ向勝負。これって盛り上がると思わない？」

まさか突然勝負をふっかけられると思っていなかった優香が、驚いた顔のまま固まっている。ひなこも隣でオロオロするしかない。

『――おっと点数が出揃いました！　八点、七点、六点、九点、七点……合計三七点はまずまずの点数です！』

空気を読まないＭＣの声が響いた。

優香に対して挑発的な笑みを浮かべていた美那が、途端に顔をしかめる。

「あのバカ。まずまずとか、本当にデリカシーがなさすぎるのよ。一年の子も顔が引きつっちゃってるじゃない」

見れば、小川梨理奈がMCを横目で睨み付けている。

しかしそれより何より、子を見守る母のように豹変した美那が意外でならない。

無言で注視していると、視線に気付いた彼女は苦笑した。

「ごめんなさい、さっきのは冗談。――あのMCしてるアホがね、私の彼氏なの。盛り上げるためにどうしてもって頼まれちゃったのが、出場の理由よ」

驚きの事情に、ひなこと優香は限界まで目を見開いた。

おしとやかな美那と、底抜けに明るいムードメーカー。

まるで対極の二人なのに、愚痴《ぐち》っぽく彼を見つめる瞳には、確かに慈しみに似た愛情があった。

MCの方は、言い方は悪いが取り立てて容姿が優れているということもなく、だからこそ外見のみで選んだわけではないのだろうと分かる。それほどの人柄ならば、彼が美那を好きになった理由もまた、見た目の美しさだけではないのだろう。

「ちょっとビックリでした。けど、とても素敵ですね」

「確かに。よっぽど中身が男前ってことなんでしょうね」

「あら。私的には結構、なかなかの顔だと思ってるんだけど？」

「完全に惚れた欲目ですね。まぁ、私もそれほど好きになれる人に出会いたいです」

ずけずけ言いつつ優香も羨ましいと思っているらしい。

いつもの毒舌も一刀両断するような響きではなく、どこか温かみがあった。

「でも、彼氏さんの期待を裏切るようですけど、私は優勝しませんよ」

優香の言葉に反応したのはひなこだった。

「え？　葵君の挑戦をあっさり受けてたから、自信満々なんだと思ってた」

「あれは、本当にあんたを着飾らせる大義名分が欲しかっただけ。映像にも残せたことだし、もう十分満足してるわよ」

充実した笑みに呆気に取られていると、背中をぐっと押された。

「ホラ、外崎がもう出てったよ。次はあんたがスタンバってなきゃ」

くじ引きで、三番目に出ていくことは決まっている。

尽きない会話を切り上げて、ひなこは急いで指示された位置についた。

視線の先には颯爽《さっそう》とステージ中央に向かう葵がいる。

『エントリーNo.2、なんという神の悪戯《いたずら》か、この美しい外見で実は性別が男性！　ミスコンに男子が出たのはおそらく学院史上初でしょう！　外崎葵ー！』

大きなどよめきにも、葵は平然としている。

『葵君は、本当に男の子とは思えないくらい綺麗ですね！　浴衣姿もまたうなじが色っぽくて……素朴な疑問なんだけど、すね毛もちゃんと処理してるんですか？』

『すね毛？　ボーボーだが』

──しんっ。

『……冗談だ』

会場を沈黙が支配する。それを睥睨《へいげい》し、葵は淡々と訂正した。

未だ衝撃の覚めやらない観客達に同情しつつ、ひなこは額を押さえる。

──冗談で大切なのはタイミングと、その人のキャラクターだと思うよ、葵君！

なんとか気持ちを立て直したMCが、すぐに話題を変える。

『あ、葵君は、趣味とか特技とか、ありますか？』

『特にないな。強いてあげるなら女装じゃないか？　ナンパも結構されるぞ』

『へぇ、それはすごい！　同性って言ったら、さぞガッカリされるでしょー？』

『いや、それでもいいと迫られたが？』

またも会場に訪れる静寂《せいじゃく》。

そんな調子で、葵のアピールタイムは終始とんちんかんな空気のまま終わった。

彼がステージの袖で小川梨理奈と並んだら、ついにひなこの出番だ。

足が震える。早鐘を打つ心臓が痛い。

ウロウロと彷徨《さまよ》わせる視線の先に、見慣れた姿があった。

客席の中ほどにいる三嶋家の面々。

雪人と譲葉は穏やかに微笑み、柊は背伸びをしながら大きく手を振っている。茜は特にいつもと変わらない。変わらない真っ直ぐな瞳で、ひなこを見つめていた。

それだけで背筋がしゃんと伸び、苦しかった呼吸も落ち着いていく。

――たくさんの人に認めてほしいわけじゃない。応援してくれる優しい人達のために、私は頑張ればいいんだ。

ひなこは笑みを返してステージを進んだ。

採点をする教師には名前を知らない者も複数いたが、礼儀としてぺこりと頭を下げる。

『エントリー№3、成績優秀、真面目で優しい癒し系、有賀ひなこー！』

雪人達が一生懸命拍手をしているのが、ステージからよく見える。

『早速だけど、ひなこちゃんは趣味とかありますか？』

『う……かぶっちゃって申し訳ないんですけど、私もお料理が得意です。子どもの頃からやっていたので魚も捌《さば》けます』

やり取りをしていく内に、震えそうだった声も次第にはっきりしてくる。

出場者の中では見劣りするひなこにも態度を変えないＭＣのおかげだろう。さすが、美那が選んだ相手だ。

『今日は小悪魔コスプレですね。いつもと雰囲気がちょっと違う感じですが』

『はい。えっと、クラスの出しものがコスプレカフェなんです』

そこでハッと気付いた。

人の集まっているこの場は、カフェの宣伝にもってこいなのではないか。

ひなこはＭＣに恐る恐る問いかけた。

『あの……特にアピールすることもないので、宣伝しちゃってもいいでしょうか』

『え？　はいどうぞ。今はひなこちゃんが自由に話していい時間ですよ！』

マイクを向けられ、ひなこはまず客席に向かって一礼した。

『えっと、二年B組の有賀ひなこです。うちのクラスではコスプレカフェをやってい て、みんなで作ったロールケーキが余るともったいないので足を運んで頂けると助か ります。このあとに出てくるエントリーNo.4の栗原優香もB組なので、可愛いコスプ レがたくさん見られますよ。あと、うちのクラスには海原湊太郎君と北大路咲哉君と いう、とても格好いい男子がいるので、女子のみなさんにもお勧めです』

勝手に名前を出したからか、客席の湊太郎が真っ赤になっていたので、あとで謝っ ておかねばならない。貴重な休憩時間にわざわざ応援に来てくれるなんていい人だ。

『今日は御園学院の文化祭に来てくださって、本当にありがとうございます。文化祭 終了まであと二時間を切りましたが、最後まで楽しんでいってください』

もう一度頭を下げれば、ようやく気が緩んで微笑むことができた。

気の利いたことが言えず申し訳なかったが、優勝するとは思えない自分がこの場所 に立っている時間をなんとか生かせたと思う。

採点する教師陣が、点数札を上げる。

『点数が出ました！　おっとこれは高得点になりそうだ、八点、九点、八点、八点、九点……なんと四十二点！　葵君の四十三点に次ぐ点数となりましたー！』

あまりの高得点に、ひなこ自身ぎょっとした。

女手一つで育ててくれた母が死んだのは、つい三ヶ月ほど前。

もちろん先生達にも知られているだろうから、それゆえの同情票としか思えなかった。審査員を務める教師達が何やら頷き合っているのが実に怪しい。

きつい視線を送ってくる小川梨理奈に心の中で謝罪しつつ、舞台袖に移動する。

その後、優香と白石美那の登場で、会場は大いに盛り上がった。もちろんこの二人は十点満点も含んだ高得点を叩き出した。

『さぁ、審査員の評価が出揃いました！　トップは四七点の栗原優香ちゃん！　次点の白石美那ちゃんが一点差で追いかけます！』

既に投票を締め切られ、文化祭実行委員が総出で開票作業にあたっているところだった。

三嶋家の面々は、優香や美那のアピールタイムの間に投票を済ませている。

他の出場者に比べ投票数が格段に低いであろうひなこの名前を書いてくれたはずな

ので、身内票でもありがたかった。

『既にミスコン開始時点での投票結果は出ておりまして、データによると一位から四位まではかなりの混戦模様！　今集計している票如何で優勝者が決まりそうだ！』

一位から四位までは僅差。

ということは、最下位はひなこで間違いないだろう。

自分で言うのも悲しいが、もう関係ないと思えば緊張もほぐれる。手を振っている柊にこっそり振り返す余裕まで出てきた。

『ミスコンもいよいよクライマックス！　ではここで、先ほどまで熱戦を繰り広げてくれたミスターコンの出場者達にも、ステージに戻ってもらいましょー！』

ＭＣの言葉を受け、男子控え室から見目の良い男子達がぞろぞろと出てくる。

先頭は不機嫌を隠しもしない楓で、その腕には花束が抱えられていた。

ミスコンの投票数を集計している間に発表されたミスターコンの優勝者は、予想と違わず楓だった。他の出場者に圧倒的な差をつけての勝利だったらしい。

ミスコン優勝者は、ミスターコンの優勝者から花束を贈られる伝統がある。

これをきっかけに付き合うカップルも多く、一昨年の優勝者同士も付き合っていると聞く。精神をすり減らすだけのミスコン、ミスターコンの出場者が毎年一定数いるのは、そのジンクスが関係していると思われた。

『ミスターコンの優勝者、三嶋楓君に花束を手渡されるのは一体誰なのか？　――おっと。話している間にどうやら集計結果が出たようです！』

騒がしかった講堂内がしんと静まりかえる。

実行委員から渡されたメモ用紙に目を通すＭＣの目が、かすかに驚愕を示した。

『これは大番狂わせがあったようです。……それでは早速、第三位から発表していきたいと思います』

雰囲気に合わせ、ＭＣの声も密やかなものに変わる。会場中が固唾《かたず》を呑んだ。

『――第三位、外崎葵！』

ざわめきが、波紋のように広がっていく。

葵に投票した男子だろうか、悲鳴じみた野太い声が上がった。

優勝を狙っていたから当然だが、名前を呼ばれた葵本人も不満そうだ。ＭＣの指示でステージ中央に出ていく時も、眉間にくっきりシワを刻んでいた。

『いやぁ、大健闘の順位でしたね。時代が男の娘《こ》人気を後押ししたのでしょうか！

この結果を聞いてどう思いますか？　って聞かなくても顔に出てますけどね！』

『だろうな、つまらん結果だ。だが、僕の努力が足りなかったんだろう』

『殊勝ですね。なんだかさっきまでと比べて違和感がありますが』

『引き際悪く足掻《あが》く姿ほど、見苦しいものはないからな』

葵はＭＣに向かって不敵に笑う。意外にも男らしい、魅力的な笑みだった。

『おっと、これは女子からの好感度も上がりそうな予感ですね。葵君、ミスコンに参加してくれて本当にありがとう！　みなさん、大きな拍手をお願いしまーす！』

健闘を称えた大きな拍手が葵に贈られる。

ひなこも負けじと手を叩いた。男子がミスコンに出て三位なら、十分すぎるほど素晴らしい結果だ。

ステージの端に下がる葵と目が合い、お互いに微笑む。

『それではどんどん発表していきましょう！　続いて第二位！　――栗原優香！』

おお、と歓声より先にどよめきが走った。優香ファンの驚愕だろうが、声こそ上げなかったもののひなこも同じ気持ちだ。

二位もすごいことだが、彼女の美貌を思えば釈然としないものがある。

美那は男女問わず人気だというから、票が集中したのかもしれない。

ぼんやり考えている間にも、ステージの中央に進み出た優香とＭＣの軽快なやり取りが続いている。

『惜しくも二位ですが、今の気持ちは？』

『順当な結果だと思います。私は二位になるだろうって、ミスコンが始まる前から予想してましたから』

『二位とはまた自信家なのかそうでもないのか。女子の反感買いそうですねー』

『元々この顔のせいで反感買ってますから、今さらなんとも思いませんよ。フフフ』

『わー怖い！　それではみなさん、この凶悪な天使に盛大な拍手をお願いします！』

拍手に笑い声が混じっている。

わざと強気な発言をして会場を盛り上げたのだとしたら、さすが優香だ。

ステージの中央から下がる時、優香とも目が合った。

反射的に手を振ると、誰もが骨抜きになりそうなウインクが返された。

『いよいよ第一位の発表になります！　今年のハイレベルな戦いを勝ち抜いたミス御園は――――有賀ひなこ！』

ミス御園って語呂が悪いし恥ずかしい呼称だなぁ、と少々失礼なことを考えていたひなこの思考が停止した。今、名前を呼ばれた気がする。

会場もなぜか水を打ったように静まり返り、とても優勝者を発表した直後とは思えない。だが誰より驚いているのは他でもない、ひなこ自身だ。

「……………へ？」

『さぁひなこちゃん、こちらへ！』

呆然と指示されるままステージの中央に立つと、自然に拍手が湧き起こった。

それでも呆け続けているひなこに、MCが話しかける。

『いや本当におめでとう！　ひなこちゃんが今年のミス御園ですよー！』

『えっと……何かの間違いでは』

『間違いじゃないよ！　二位の優香ちゃんに百票以上の差をつけた、ぶっちぎりの優勝です！　総投票数の四割近くがひなこちゃんの名前だったんだよー』

ひなこはぎこちなく背後を振り返った。

優香も葵も美那も、微笑んで拍手をしている。微妙な顔付きだが、梨理奈も。

客席に視線を移すと、雪人のとろけるような微笑が見えた。

譲葉も嬉しそうだし、柊は頬を紅潮させながら手を千切れんばかりに振っている。茜も、かすかに笑みを作っていた。

祝福してくれる人の中には、見覚えのある人がちらほらいた。

案内板の前で困っていた老夫婦や、フランクフルトを落として泣きそうになっていた女の子。風でドミノ倒しになった自転車を一緒に立て直してくれた青年もいる。みんな、自分のことのように笑っている。

涙が出そうになった。優しい人達、温かい気持ち。

けれどそれを堪《こら》え、ひなこはようやく少しだけ笑った。

優勝なんて信じられないけれど、彼らの笑顔を見ていると喜びが溢れてくる。

『ひなこちゃん、今の気持ちは？』

『全然、実感がないので……でも、嬉しいです。本当に、投票してくださった方々のおかげですね。応援ありがとうございました』

頭を下げて心から笑うと、鳴り止まない拍手がますます大きくなった。

そんなひなこを視界に収めながら、美那は密やかに優香へと話しかける。

「……あなたは、最初からこうなることを予想してたの？」

優香は、誇らしげに親友を見つめたまま答えた。

「確かに外見だけで言えば、ひなこはこのステージにいるメンバーに及ばないかもしれません。でも外見のよさだけでは、私達はあの子に敵わないってことです」

「……なるほど。そういえば私も昨日、自分が倒したわけじゃない自転車を一つずつ立て直してる彼女、見かけたわ」

美那は忙しかったこともあったがどこか他人事《ひとごと》で、気付いていたのに何もしなかった。些細《ささい》なことだけれど大きな差だ。

優香は美那へと視線を移すと、不敵に笑った。

「そもそも、私ほど厄介な女の親友が務まるんですよ？　優勝するに決まってます」

簡潔な自己評価に、美那は小さく笑った。

「確かに。それが一番説得力あるわ」

「言いますね」

そんな二人の会話をよそに、ミスコンは進行していく。

『ではひなこちゃんには、ミスターコン優勝者、三嶋楓君から花束が贈られます！』

奥に控えていた楓が、ステージの中央に進み出る。

これほど釣り合いの取れないミスコン、ミスターコンの優勝者も前代未聞だろうと、ひなこは苦笑いだ。

「小悪魔、結構いいじゃん」

楓が、ひなこにしか聞こえないような声音で素早く囁く。

「……王子様みたいな楓君にだけは、言われたくないなぁ」

劇が終わってすぐ駆け付けねばならなかったのか、楓は貴族風の格好のままだ。恐ろしく不本意らしく眉間にシワを寄せて黙り込んだ。

珍しく皮肉で切り返したのは、少なからず気分が高揚《こうよう》しているためかもしれない。

普段ならば校舎裏でのやり取りのあとなので怯《ひる》んでしまいそうなところだが、今はどこか遠いことのように思える。

頬が緩みっぱなしでいると、彼は不思議と凪《な》いだ表情でひなこを見つめていた。

「……やっぱりあんたは、笑ってると結構可愛いな」

「――え？」

疑問を返したのは聞こえなかったからじゃない。その言葉をいつかどこかで、聞いたことがある気がしたのだ。

思考に沈みかけるひなこの正面で、楓がおもむろに片膝をついた。

花束を捧げ持ちながら真っ直ぐ見上げる様はさながら騎士のよう。あるいは、情熱的なプロポーズのようだ。

途端、拍手にはやす声が混じった。女子の黄色い声と、どこからか指笛も。

『おーっと、これは楓君、ニクい演出！』

いくら盛り上げるためとはいえ、この状況で花束を受け取れと言うのか。

ひなこは真っ赤になりながら、きっと先ほどの皮肉への仕返しに違いないと思った。

「……楓君、今日の夕飯おかず抜き」

花束を受け取りながらボソリと呟くと、彼は目に見えて狼狽した。

「なっ⁉　やりすぎだろ、おい」

「やりすぎはそっち。明日から私、絶対女子にいじめられる。楓君のせいだよ」

「悪かったって。つーか、いじめとか絶対させねぇから」

必死に言い繕う楓に、ひなこは堪《こら》えきれず噴き出す。

こうしてミスコンは、熱気と大きな喝采《かっさい》に包まれたまま閉幕した。

それに伴い異常な賑わいをみせたのは、二年B組のコスプレカフェだ。

あまりの混雑ぶりに身動きが取れないほどで、教室内に入りきらない客が行列をなし、収拾がつかなくなっていた。

優香の美貌を一目見たいという理由ならばまだしも、ステージ上で無責任にカフェの宣伝をしたひなこが原因だとしたら、いくら今日のシフトを終えていたとしても回れ右など到底できない。

本来ならば雪人達と色々な出しものを見て回る予定だったが、彼らの後押しもあり、ひなこは急遽行列の整理を始めた。

ロールケーキが完売しても列が途切れることはなく、これだけの集客ならば売り上げはかなり期待できるだろう。

ある程度客が捌《さば》けると、クラス全員が快哉《かいさい》を叫んだ。

ポテトサラダとエピローグ

客足が落ち着いた頃、ひなこはなんとか三嶋家の面々と合流することができた。

既に楓も揃っていて、約束通り校内を回る。

時間が惜しく着替える暇がなかったので、ひなこは雪人のジャケットを再び借りていた。楓は貴族服の上にジャージという状態だ。

「まだお客様がいたのに、ちょっと申し訳ないです……」

「ひなこさんは頑張ったんだから、ゆっくり楽しんだ方がお友達も嬉しいんじゃないかな。それに何より、ミス御園は歩いているだけで宣伝効果がありそうだし」

わずかに抱く罪悪感を拭ってくれる雪人だが、からかいが多分に混じっているため素直に感謝しづらい。

「我が家からミスコン、ミスターコンの優勝者が出るなんて、すごいことだよね」

楽しそうな彼に、ひなこはジト目を向けた。

「そう言いますけど、雪人さんも在学中はミスターコンで優勝してるんでしょう？」

「一応、三連覇だったかな」

「やっぱり。楓君も来年優勝すれば三連覇だし、親子でミスターコン三連覇なんて、そっちの方がよっぽどすごいと思いますけど」

去年のミスターコンも楓が優勝していたことを思い出す。

あの頃の彼は、ステージの上でキラキラしている遠い存在だった。今は家族として側にいることを思うと、なんだか感慨深い。

まずみんなで向かったのは葵のクラスだ。

薄暗い教室には屋台がひしめき合っており、その軒先に安っぽい橙《だいだい》色の裸電球が吊るされている。お囃子《はやし》がどこからともなく聞こえてくるのも、縁日らしい演出だ。

だが、やけに騒がしい。

子ども達がはしゃいでいるというより、まるで突然現れた芸能人に黄色い悲鳴が上がっているような。

「ようやく来たか」

「――葵、君？」

声がした方を振り返る。

葵がいつものようにふんぞり返っていると思ったのに、自然と割れていく人垣の向こうからモーゼのように現れたのは、均整のとれた体躯の少年だった。

緩いパーマのかかった、今どきの若者らしい髪はアッシュブラウン。グレー地に縞模様の入ったシンプルな浴衣と白色の帯。

整った顔立ちは中性的で、大人と子どもの狭間にある危うい雰囲気がどこか妖しい色気をかもし出している。その瞳が、しっかりとひなこを捉えていた。

「葵君、だよね？」

その瞬間、なぜか彼のクラスメイト達が悲鳴を上げた。

「ウッソ、これがあの外崎葵⁉」

「普通に他クラスの人が居座ってると思ってた！」

「ヤバイめっちゃヤバイ！」

「男の格好もいいじゃん！　むしろこっちの方がいい！」

「うおぉーっ、オレの葵ちゃんがー！」

興奮や歓喜の声に何やら野太い声が混ざっているのはともかく、ひなこはいつも通りの笑顔を向けた。

「びっくりしたけどそういう浴衣も似合います……似合うね」

敬語に慣れているのでぎこちなくなったが、葵はどこかホッとした様子で応じる。

「あぁ。だが、ずっと浴衣でいるとさすがに寒いな」

「そっか、浴衣って夏物だもんね。最近めっきり寒くなったし」

「次の週末には今年一番の寒波がくるらしいしな」

「らしいね。寒くなると、お鍋とかおでんをこたつで食べたくなるよね」

「──いやあんたら、季節についての話とかそういう所帯くさいのいいから」

のんびりした会話を一刀両断したのは楓だった。物理的にも間に割って入ると、ギロリとひなこを睨んだ。

「つーかあんたは、なんでそんな速攻受け入れてんだよ？　普通驚くとこだろ」

「驚いてるよ？　でも女の子の格好をしてる時も、別にメイクしてたわけじゃないよね？　顔自体は変わってないからすぐ分かるよ」

「それが分かんねぇからみんな混乱してるんだけどな。まぁ、あんたらしいけど」

勝手に納得している楓を尻目に、ひなこは改めて葵を見つめた。

「それにしても、やっぱり葵君は男の子の格好も素敵だね。明るい髪色もすごく似合ってるし。毎日女子から呼び出されちゃいそう」

腰まで伸びた見事な黒髪は、元々ウィッグだったのだろう。

凛とした美少女だと思っていたが、男の格好だと艶《つや》やかさが際立っている。これなら冗談じゃなく親衛隊でも創設されそうだ。

だが葵は、鼻で笑いながら切って捨てた。

「そんな身の程知らずには、テストで十位以内に入ってから出直せと言ってやる」

「手厳しい……」

雰囲気は変わっても葵は葵だ。

けれど、その表情が少し曇《くも》った。

「……やはり、あの格好は間違いだったんだろうな」

自嘲《じちょう》を帯びた呟きが、喧騒《けんそう》に掻き消されることはなかった。

「周囲の反応を見れば嫌でも分かる。みな驚いてはいるが、拒否感や嫌悪感はない。スカートを初めて穿《は》いた時とは大違いだ」

以前たまたま出会った公園で、葵と話した内容が甦る。

彼は、女装は自分の弱さの象徴だと言っていた。

「女の子の格好の葵君も、私は好きだよ。どっちの葵君だって葵君だし、間違いなんかじゃない。自分のしたい格好をするのが一番だと思う」

せっかく似合っているのだからもったいないと思ってしまうのは、ひなこの我儘《わまま》でしかない。けれどそう思う者が多いことも、ミスコンで証明されているのだ。

励ましたつもりだったのに、葵はみるみる不機嫌そうになった。

「……なぜだろう。お前に女装を褒められると、とてつもなく不快なんだが」

「ええっ、そんな理不尽な！　全力で励ましたつもりなのに！」

美形の凄《すご》みには特有の迫力がある。

葵の眼力に怯《ひる》むひなこの肩を、雪人がつついた。その時になってようやく、彼らを紹介していないことに気付く。

「葵君。こちら、三嶋家のみなさんだよ。私ね、色々事情があって、学院には内緒でここのおうちのハウスキーパーをやらせてもらってるの」

「そうなのか。バイトをしながらあの成績とは、ひ……ひなこも、なかなかやるな」

葵が名前の部分で口ごもった。お互いのぎこちなさを自覚しているため余計に気恥ずかしく、二人は揃って視線を彷徨《さまよ》わせる。

「……なんか、付き合いたてのカップルみたい」

眼鏡を上げながら呟く茜に反応したのは、なぜかひなこでも葵でもなかった。

「それはないいんじゃないかな」

「だな。ありえねー」

「ひなこはオレのだし！」

「お前のでもねーだろ」

とてもきらきらしい笑顔の雪人と、言い合いを始める楓と柊。

男三人の素早すぎる否定に、譲葉と茜が呆れ返っている。わけが分からずひなこと葵は戸惑うばかりだ。

気を取り直して屋台を見て回る。

りんご飴やチョコバナナもあって、譲葉と分け合いながらその場で食べた。どんぐりのような色とりどりのガムや、ザラメがかかった飴なども購入する。

子どもの頃に食べたのしイカ、スティックのゼリー、ラムネなどを発見すると、ついはしゃいでしまった。柊と茜は初めて見るものばかりのようで、端から全部買おうとして雪人を困らせている。

その間も、ひなこは多くの人達から声をかけられた。

ミスコンを見たとお祝いの言葉をもらったり、投票したよと肩を叩かれたり。

同じく声をかけられる楓は辟易《へきえき》としていて、目立たないよう避難している。

ひなこは一人ひとりに丁寧な対応をしていたが、男性に声をかけられるたび雪人に阻《はば》まれた。さりげなく、けれど有無を言わせない笑顔で退ける彼に首を傾げる。

教室を出る時、葵に再戦の約束をさせられた。

ミスコンの結果がよほど悔しかったらしく、本当の戦いは期末テストにあるとのたまっていた。負けたあとに言い出すと卑劣《ひれつ》感極まりない台詞《せりふ》だ。

ぶれない姿勢にげんなりするひなこに、雪人が歩きながら微笑みかける。

「せっかくだし、今日はお祝いにおいしいものを食べに行こうか」

「オレ、焼き肉がいい！」

「それは柊の食べたいものだろう？　こういう時は祝われる二人が決めるべきだよ」

柊と雪人からそれぞれ見つめられ、困ってしまう。

「私は、楓君の食べたいものでいいよ」

「特にないからあんたに任せる」

視線を一身に受け、ひなこは俯《うつむ》いた。恥ずかしさを誤魔化すように、体の前で両手をこねくり回す。

「私はその、雪人さんの気持ちは嬉しいんですけど、たくさんの人に注目されて気疲れしてしまったので……できれば、おうちでみんなでゆっくりしたい、です」

非日常はもうおしまい。そろそろ、いつもの自分に戻らなければ。

そのためにも早く料理がしたいと思った。

ごはんを作りたい。応援してくれた人達に感謝を込めて、温かいごはんを。

俯《うつむ》いたままのひなこの頭を、雪人がそっと撫《な》でた。

「欲がないね、うちのお姫様——いや、今は小悪魔だったか」

「もう、雪人さん！」

真っ赤になって咎《とが》めると、譲葉が笑った。

「ひなちゃんの料理、嬉しいな。でも本当に大丈夫？　疲れてない？」

「大丈夫！　というか実はもう、下ごしらえも終わらせてあるんだ。唐揚げとか、サワークリームのポテトサラダとか」

「ポテトサラダ！　やった、オレ大好き！」

手を叩いて喜ぶ柊を見て、ひなこの足が止まった。

不意に、雪人と出会った日のことを思い出した。母が勤めていた会社の受付で、困っていそうなところに声をかけたのだ。

あの日の彼は、子どもがテストで満点を取った時などにポテトサラダをよく作ってもらったのだと、嬉しそうに話していた。

今までなんとなく敬遠しがちだったそれを、初めて作ってみようと思った。

「ひなこさん？　どうしたの？」

雪人と目が合い、ひなこは笑った。

「……こんな『いい家族』といられて、私は本当に幸せ者だなって」

すると彼は、なぜか意外そうに目を瞬《またた》かせた。

「何を言ってるの？　僕達は、それほど『いい家族』じゃなかったよ？」

「へ？」

雪人の思いがけない言葉に驚くも、楓まで一緒になって深く頷いている。

「元々全員マイペースだしな。つーか、個人主義？」

「前にも言ったかもしれないけど、家族で旅行したのもあれが初めてだったよ。みんなで文化祭に遊びに行くなんてことも、ひなちゃんが来る前ならあり得なかっただろうね」

「……取り立てて仲が悪いわけじゃないけど、それぞれが自立したら、自然と疎遠になっていく感じ、かな」

「本当にそれ」

長兄に続き譲葉と茜も異論はないようだ。

ひなこはまさかと思い、恐る恐る柊を見下ろす。彼はけろりと肩をすくめた。

「父親が違うからっていじめられはしないけど、腫《は》れものに触るみたいに優しくされてることくらい、分かるしな。一線引かれてるっていうか」

「げ。お前そんなひねくれたこと考えてたのかよ」

家族でそういった話題に触れたことすらなかったらしく、柊の発言に楓がドン引きしている。譲葉達も苦笑いだ。

一緒に暮らすようになった当初のぎくしゃくした空気は、ひなこが突然入り込んだせいだと思っていたが、どうやら違ったらしい。

馴染もうと必死なあまり、家族間でのぎこちなさに気付かなかった。

呆然とするひなこに、雪人が視線を合わせる。

「大人は勝手だから、自分達の都合で離婚したくせに、せめて子ども達にはいつまでも仲良くあってほしいと願ってしまうんだよ。それでも、身勝手な自覚があるから強く言えない。僕には、この子達を繋ぐことはできなかった」

彼の眼差しは包み込むようで、とても穏やかだった。

「ひなこさんが繋いでくれたんだよ。あなたがうちに来てくれたから、僕達は以前よりもっと家族になれたんだ」

いつの間にか、楓達もひなこを見つめていた。みんなが優しく笑っている。

母が死んで、まだたった三ヶ月。

けれど色んなことがあった、ものすごく濃縮された日々。

拒絶に傷付いた日も、受け入れられる喜びに涙をこぼした日もあった。素直に甘えることのできない時は、寄りかかっていいのだと態度で示してくれた。

何も感じなくなりかけていたひなこにとって、それは胸が痛くなるほど鮮烈で。

たくさん泣いて笑った。この家族と、家族として。

――あの時の私が今の私を見たら、どう思うんだろう？

寄る辺《べ》なく生きていくしかないと、そう思っていた。誰にも頼ることなく、頼られることもなく、独りで歩いていくのだと。

こんなにも温かな人達に囲まれているなんて、誰が想像しただろう。

――やっぱり私にとっては……『いい家族』。

どんなに歪《いびつ》でも、ぎこちなくても、こうして歯車は回っていく。

きっとこの先も、ずっと。

「行こうか、ひなこさん」

「——はい」

少し先で、笑みを浮かべた雪人たちが、こちらを振り返り待っている。

温かなものが込み上げる胸を押さえながら、ひなこは力強く頷き、歩き出した。

◎定価：本体640円+税　◎ISBN：978-4-434-27425-1　◎Illustration：和遥キナ

『受け継ぐものに贈ります』。柊木すみかが、そう書かれたレシピ帖を見つけたのは、大学入学を機に、亡き祖父母の家で一人暮らしを始めてすぐの頃。料理初心者の彼女だけれど、祖母が遺したレシピをもとにごはんを作るうちに、周囲には次第に、たくさんの人と笑顔が集まるようになって――「ちらし寿司と団欒」、「笑顔になれるロール白菜」、「パイナップルきんとんの甘い罠」など、季節に寄り添う食事と日々の暮らしを綴った連作短編集。

◉定価：本体640円＋税　◉ISBN:978-4-434-27040-6　◉Illustration：ゆうこ

銀山温泉の宿「花湯屋」で働く若女将の花野優香。「あやかし使い」の末裔として、あやかしのお客様が抱える悩みを解決すべく、奔走する毎日を過ごしている。ある日、彼女は地元の花火大会に行こうと、従業員兼神の使いである圭史郎を誘う。けれど彼は気乗りしないようで、おまけに少し様子がおかしい。そんな中、優香は偶然半世紀前のアルバムに、今と変わらぬ姿の圭史郎を見つける。どうやら彼には秘密があるようで——!?　心温まるお宿ファンタジー、待望のシリーズ第2弾!

◉定価：本体640円+税　◉ISBN:978-4-434-27183-0

◉Illustration：乃希

晴明さんちの不憫な大家《せいめいさんちのふびんなおおや》 1~2

著 烏丸紫明
karasuma shimei

祖父から引き継いだ一坪の土地は――

幽世《かくりよ》へとつながる不思議な扉でした

やたらとろくな目にあわない『不憫属性』の青年、吉祥真備《きちじょうまきび》。彼は亡き祖父から『一坪』の土地を引き継いだ。実は、この土地は幽世《かくりよ》へとつながる扉。その先には、かの天才陰陽師・安倍晴明《あべのせいめい》が遺した広大な寝殿造の屋敷と、数多くの"神"と"あやかし"が住んでいた。なりゆきのまま、真備はその屋敷の"大家"にもさせられてしまう。逃げようにもドＳな神・太常《たいじょう》に逃げ道を塞がれてしまった彼は、渋々あやかしたちと関わっていくことになる――

◎各定価：本体640円＋税

◎illustration：くろでこ

この作品に対する皆様のご意見・ご感想をお待ちしております。

おハガキ・お手紙は以下の宛先にお送りください。

【宛先】

〒150-6008 東京都渋谷区恵比寿4-20-3 恵比寿ｶﾞｰﾃﾞﾝﾌﾟﾚｲｽﾀﾜｰ8F
（株）アルファポリス　書籍感想係

メールフォームでのご意見・ご感想は右のＱＲコードから、
あるいは以下のワードで検索をかけてください。

アルファポリス　書籍の感想　検索

ご感想はこちらから

アルファポリス文庫

今日《きょう》から、契約《けいやく》家族《かぞく》はじめます

浅名ゆうな（あさな ゆうな）

2020年 6月 30日初版発行

編　集－古内沙知・宮田可南子
編集長－太田鉄平
発行者－梶本雄介
発行所－株式会社アルファポリス
〒150-6008 東京都渋谷区恵比寿4-20-3 恵比寿ｶﾞｰﾃﾞﾝﾌﾟﾚｲｽﾀﾜｰ8F
TEL 03-6277-1601（営業） 03-6277-1602（編集）
URL https://www.alphapolis.co.jp/
発売元－株式会社星雲社（共同出版社・流通責任出版社）
〒112-0005 東京都文京区水道1-3-30
TEL 03-3868-3275
装丁イラスト－加々見絵里
装丁デザイン－AFTERGLOW
印刷－中央精版印刷株式会社

価格はカバーに表示されてあります。
落丁乱丁の場合はアルファポリスまでご連絡ください。
送料は小社負担でお取り替えします。
©Yuna Asana 2020.Printed in Japan
ISBN978-4-434-27423-7 C0193